*Alles auf Anfang
Trilogie*

Ralf Arndt

Alles auf Anfang   *Trilogie*

1. Auflage

Von Ralf Arndt

Ralf Arndt, Jerichow / Deutschland.

Bibliografische Information der Deutschen Nationalbibliothek:
Die Deutsche Nationalbibliothek verzeichnet diese Publikation in der Deutschen Nationalbibliografie; detaillierte bibliografische Daten sind im Internet über www.dnb.de abrufbar.

Trotz der sorgfältigen Prüfung der Inhalte kann keine Haftung für unvollständige oder fehlerhafte Angaben in diesem Buch übernommen werden. Alle Inhalte in diesem Buch sind frei erfunden und haben keinen gewollten Bezug zu realen Begebenheiten.

1. Auflage: 2015

© 2015 Ralf Arndt

Herstellung und Verlag: BoD - Books on Demand, Norderstedt.
ISBN: **9783738651430**

Vorwort

Band 1:
Alles auf Anfang
Rückreise von 2013 ins Jahr 1213. Wie ein Mensch aus der Zukunft die Vergangenheit verändert. Und was er dabei erlebt.

Band 2:
Die Zeitmaschine
Im Jahre 1941 wird die Zeitmaschine durch einen Deutschen Kriegsflieger gefunden, der von einen Engländer verfolgt wird. Er findet eine zerfallende Burg und reist zurück in die Zeit Jesu. Helfen werden dabei die Batterien seiner Fokker "Kick down". Die Reise endet nie.

Band 3:
Verschollen in Deutschland
Kurz nach der Wende '89 findet jemand die Zeitmaschine halb verrostet in einem thüringischen Bergwerk. Wird sie noch mal einmal durchhalten? Es geht zurück ins Jahr 1988. Oder ist diese Reise ihr Ende? Kann der Ausgang einer Geschichte das Leben einer ganzen Nation verändern?

Ich wünsche allen Lesern viel Spaß beim Lesen!

Jerichow im August 2015, Ralf Arndt

Inhaltsverzeichnis

1 Band *8*

2 Band *43*

3 Band *73*

1   Band

Alles auf Anfang

Aus diesen Gedanken heraus entstand diese Geschichte, Entschuldigung –Trilogie, die ich hier zu Papier gebracht habe.
Eigentlich bin ich ein ganz normaler Mensch. Anfang 40, Metaller. Aber das Leben meinte es meistens nicht gut mit mir. Die paar Male im Leben, als es mir etwas besser ging, konnte ich an 5 Fingern abzählen. Da durfte ich mich mal freuen und lachen. Auch hatte sich mit der Zeit einiges zusammengetragen. Aus den 2 Hobbys, die mit der Zeit gewachsen sind, habe ich immer wieder Kraft schöpfen dürfen. Das eine war das Schreiben, das andere war das Konstruieren mit Ideen, die die Welt zum besseren verändern sollten. Leider blieben meine Ideen um die Autoindustrie erfolglos, da ich nicht bekannt war.
Unter den, wie anfangs erwähnten „5 guten Zeiten" war auch eine, die mir die Chance gab, mein Leben aber dennoch zu verändern. Ich hatte dann doch noch einmal das Glück, nach vielen Jahren mal wieder etwas anzufangen. Eine Tante, Gott hab sie selig, hatte Wort gehalten. Ihr Notar über gab mir Geld, das sie

mir hinterlassen hatte. Nun saß ich da und wusste nicht gleich was ich tun sollte.

Dann fiel mir ein, dass ich vor vielen Jahren mal eine Idee hatte, aber aus Geldmangel dies gleich wieder verwarf. Doch jetzt flammte die ganze Geschichte wieder in mir auf. Ich weiß, das Thema "Zeitmaschine" war in unserer Zeit eigentlich noch völlig undenkbar und komplett unmöglich. Wie in den Zukunftsfilmchen oft beschrieben, so war und würde es noch lange nicht sein. Ich kramte die alten Unterlagen wieder hervor. Gut, das ich sie noch nicht weggeworfen hatte. Nun nahm ich alles zur Hand und lass mir das Ganze noch einmal durch. Was die Menschheit nicht zu Glauben vermochte, aber es gibt Zeitmaschinen gewissermaßen schon heute.

Nur wenn man nicht die Augen öffnet, erkennt man es nicht. Wenn man einen Weg zu Fuß läuft und denselben Weg mit einen Auto abfährt, ist man logischerweise mit einen Auto schneller am Ziel als zu Fuß. Aus dieser Logik heraus endwickelte sich meine Idee von einer Zeitmaschine. Ich baute ein fahrbares Gerät in der ich meine Ideen verwirklichte. Es dauerte einige Zeit bis alles bedacht war. Durch das frische Geld ging auch alles gut bis dahin.

Dann ein halbes Jahr später.

Es ist der Tag gekommen wo ich in die Zukunft reisen darf. Meine Logik sagte mir, dass Reisen in die Vergangenheit nicht oder nur schwer möglich sein werden. Auch wusste ich nicht welche Auswirkungen das auf mich haben wird und in welchem Jahr und wohin mich die Reise führen würde. Ich dachte das es schön wäre so 100 oder 200 Jahre in die Zukunft zu schauen.

Es war schon Abend, als ich alles fertig hatte. Mein Herz war groß in dieser Stunde. Auch wenn ich noch nicht genau wusste ob alles so funktionierte wie ich mir das vorstellte. Es war wohl besser, wenn ich noch eine Nacht darüber schlafen würde und morgen frisch ans Werk gehe. Gesagt, getan. Nach dem Essen ging ich munter an den Ort wo meine Zukunftsmaschine stand. Ich ließ mich in den Sitz fallen und checkte alle Systeme ab, auch die Antenne, die dazu nötig war. Kurz ging mir durch den Kopf, dass ich mal gerne Schottland besuchen würde. Dort soll es nämlich richtig schön sein. Ich konnte gewisse Koordinaten in meine Maschine eingeben und auch eine Zeit. Ob es klappte, überließ ich dem Zufall, da ich noch keine Erfahrung damit hatte. Dann setzte ich den Helm auf und legte den Finger auf den Enter-Knopf und schloss meine Augen. Dann ging ich in mich. Für einen Moment vergaß ich alles um mich herum. Ich brauchte jetzt einfach die Zeit. Mir kam der Schweiß auf die Stirn und ich bekam Angst, ob ich mir selbst nicht Schaden zufügen würde. Auch zitterten die Finger. Ein wenig zu viel wohl, denn ich drückte dadurch den Auslöser. Jetzt war alles zu spät. Ich konnte nicht mehr zurück. Jetzt hielt ich die Augen geschlossen.

Dann gab es einen lauten Knall und ich dachte, das ist jetzt dein Ende. Doch als ich wieder meine Augen öffnete, wusste ich nicht wo ich bin.

Ich schaute mich um, nahm den Helm ab und ein rauer Wind wehte mir um die Ohren. Ich sah sicher etwas einfältig aus. Hat es funktioniert? Ich war mir in diesen Moment immer noch nicht sicher. Also stieg ich aus. Alle Instrumente waren im normalen Level. Ich versteckte die Maschine am Waldrand unter eine Tarnplane und machte mich auf den Weg, Unterwegs fingerte ich mein Handy aus der Tasche, doch es fand kein Signal auf der Anzeige. Ich ging weiter, bis schließlich die Erde anfing zu beben. Ich duckte mich und sah wie einige Reiter in Ritterkluft unweit von mir vorbei zogen. DAS war für mich das Zeichen, dass ich in einer anderen Zeit sein musste. Nur in welcher und wo? Als wieder Ruhe eintrat, setzte ich meinen Weg weiter fort, in die Richtung die, die Reiter genommen hatten. Etwa nach 2-3 Kilometern endete der Wald und auf einer kleinen Anhöhe lag ein kleines Dorf. Auch zu sehen waren die Pferde der Ritter.

Ich verstecke mich hinter einen der letzten Bäume und beobachte zunächst die Situation. Weil ich nicht wusste, wie die Menschen in dieser Zeit auf mich reagieren würden, auf einen der normalerweise hier nicht hin gehört. Es dauert einige Zeit bis ich die Lage einschätzen konnte. Sofort kam mir der Gedanke, dass ich eigentlich in die Zukunft reisen wollte. Irgendetwas musste schief gelaufen sein, nur was? Bin ich eventuell rückwärts gefahren? Aber halt! Im Dorf rührte sich etwas. Die Reiter saßen auf und kamen zurück in meine Richtung. In Richtung Wald. Ich wollte nicht entdeckt werden und versteckte mich wieder hinter einem der Bäume des Waldes. Es wurde ruhig dann. Ich wartete noch ein wenig und mir wurde ein wenig kalt dabei. Ich fasste mich geistesgegenwärtig an meine Klamotten, Scheiße, die sind nicht passend. Was nun? Ich musste mich leider damit abfinden, dass ich dieses Problem nicht mehr ändern konnte. Schließlich ging ich los. Ich näherte mich langsam dem Dorf und dachte nur, es wird schon irgendwie gut gehen.

Im Dorf selbst war es in diesen Moment ziemlich ruhig. Es war Mittagszeit, meiner Uhr nach. Ich schaute mich um und sah einfache Holzhütten mit Strohdach zum Teil dreckig, schäbig und in der Dorfmitte mit einem einfachen Brunnen. Ich dachte noch wo und vor allen wann bist du hier gelandet? Dann kam ich am nächsten Holzhaus vorbei, ich war unsicher, was passieren würde wenn ich .... Ich war in Begriff eine Tür zu öffnen. Da öffnete sich diese plötzlich und eine junge Frau schaut mich ängstlich an und schließt diese dann schnell wieder. Ich versuchte es noch einmal. Öffne die Tür knarrend. Ich warte auf Gegenwehr, doch es bleibt ruhig. Also trat ich ein, in diesen dunklen Raum. Am anderen Ende des Raumes loderte das Feuer im Kamin und daneben saß eine junge Frau mit einen Kind. Sie sagte nichts, schaute mich nur stumm an. Schließlich faste ich mir ein Herz und sprach sie an. Gute Frau, wo bin ich hier? Doch bekomme ich keine Antwort, nur einen leeren Blick. Die Frau kommt näher, mustert mich. Dann fragt sie mich wer ich sei und das leider in einen Ur-Englisch. Gut, das ich das mal in der Schule hatte. Ich antwortete ihr so gut ich konnte auf ihre Fragen. Was ich nicht gleich verstand, war das alles hier so einfach war. Auch erfuhr ich, dass ich im Jahr 1213 in Schottland gelandet war. Was für ein Wahnsinn!

Meine Zeitmaschine hatte mich 800 Jahre zurückgeschoßen. Da ich sah, das die Frau sehr arm war, ließ ich einiges an Essbahren da. Ich wollte gerade gehen und öffnete die Tür, als da ein Zwei-Metermann vor mir steht. Was jetzt, dachte ich nur. Schitt, jetzt bist du erledigt. Doch es kam alles anders. Das Volk schien mir wohlgesonnen. Obwohl man aus ähnlichen Geschichten etwas anderes kennt. Und so kommt es, das wir uns ganz nett unterhalten und er mich auf seine Burg einlud um Wein zu trinken. Ich willige ein.

Etwas später sind wir in seiner Burg. Im Gespräch lasse durch blicken, dass ich aus der Zukunft komme. Ich glaube, ich tat das, durch Einfluss des guten Weines. Auch bat ich ihm meine Hilfe an, da ich aus der Geschichte wusste, dass das schottische Volk in Unterdrückung der Engländer stand, leider! Auch bot ich an, zu helfen, das Land sicherer zu machen. So unter anderen eine sichere Grenzanlage zu bauen die, die nächsten 100 Jahre Bestand haben sollte. Ich hatte die Erfahrung und den Plan, sie das Material und die Kraft. Der Lord überlegte etwas und willigte dann aber ein. Dann fragte er was ich dafür wollte. Nun, so überlegte ich, eine Burg oder ein altes Schloss - ein paar Hektar Land? Das war schon immer mein Traum. Ein eigenes Land das ich verwalten konnte.

Der Lord schaut mich etwas komisch an. Vielleicht auch, weil er schon etwas angeheitert war. wir gingen nach draußen und er zeigte mir seinen ganzen Stolz, seine Pferde. Wir saßen auf, auch wenn ich etwas ängstlich war, im Umgang mit Pferden. Er fragte mich, ob man das Reiten in meiner Zeit noch könne?. Während wir so langsam losritten erkläre ich ihm alles. Auch wenn er nicht gleich alles versteht, denn gewisse Wörter gab es in seinen Wortschatz noch nicht und so muss ich vieles umschreiben. Oft schaute er mich an, als würde er mich nicht verstehen. Wir waren nicht mehr weit entfernt von der Stelle wo meine Zeitmaschine stand. Ich bat ihm, einen Abstecher dort hin zu machen, damit er endlich glaubte, wovon ich sprach. Ich stieg ab, mache mein Gerät frei. In diesen Moment bekommt der Lord Stielaugen. Auch er stieg vom Pferd. Nichtssagend beäugte und berührte er mein Gefährt. Danach berührte er sein Schwert. Ich dachte noch, was jetzt? Aber nein, ich war an einen Menschen geraten, der seiner Zeit wohl etwas voraus war. Er verstand jetzt das man aus Stahl mehr machen konnte als nur Waffen. Er fragt mich wie alt ich bin? Ich aber versuche ihm zu erklären das ich erst in 758 Jahren geboren werde. Verwundert schaut er mich an, nahm meine

Hand und meinte dann, wenn du mir und mein Land hilfst, ich auch dir helfen o.k. Wir haben einen Deal. Wir reiten weiter, Kilometer zurück, bis wir wieder an seiner Burg angekommen. Er lädt mich ein sein Gast zu sein, was ich nicht ablehne. Wir essen und trinken und diskutieren. Wir führen erste Gespräche über ein unabhängiges Schottland. Grenzen werden auf schon vorhandenen Karten bestimmt. Ein Handschlag besiegelt alles. Doch auch dieser Tag endet irgendwann. Er gibt mir ein Nachtlager - Good Night! In der Nacht muss dann irgendwann mein Handy aus der Hosentasche gefallen sein und es war nicht ausgeschaltet. Am frühen Morgen war dann die Batterie fast am Ende, so das es von Zeit zu Zeit piepste und mir ein Zeichen gab, das es Strom brauchte. Der Lord musste wohl (ich schlief noch fest) in diesen Moment an meiner Tür vorbei gegangen sein und hat dieses Signal gehört. Er öffnete leise die Tür, trat ein und sah auf dem Boden liegend das schwarze Stück Plaste. Just in dieser Sekunde fängt das Ding wieder an zu piepsen. Aus Angst erschreckt der Lord so sehr das er sein Schwert zückt und einen Schritt zurückmacht. Schließlich hebt er dieses Etwas auf. Es piepst wieder, doch es ist diesmal das letzte mal. Wieder erschreckt er sich und lässt es fallen. Von diesem Knall wurde ich wach.

Da er schon wusste, dass ich aus der Zukunft komme, hebt er das Stück Plaste langsam wieder auf und wischt es ab, um es mir zurückzugeben. Dann fragte er, was das sei? Ich versuchte ihm zu erklären, dass man damit in der ganzen Welt in der Zukunft kommunizieren kann. Aber ohne Strom ist auch hier nichts zu machen. Er fragte weiter- was ist Strom? Ich schaue ihn mit großen Augen an und dachte nach. Denn etwas, was es momentan noch nicht gibt, kann man nur schlecht erklären. Kurzer Hand baute ich die Batterie aus und gab sie ihm. Leck mal dran und du weißt was Strom ist, meinte ich zu ihm. Vorsichtig führte er die Batterie an seinen Mund und streckt die Zunge raus. Der Lord zuckt zusammen. Aha das ist Strom, meint er. Dann baute ich die Batterie wieder ein und schaltete die Taschenlampe ein die das Handy besaß. Sie flackerte nur noch. Und was ist das, fragt er mich wieder erstaunt? Ich erklärte ihm, das wäre dann Licht. Leider erlosch das Licht kurz darauf. Die Batterie war endgültig am Ende. Der Lord meinte darauf, er wolle so etwas auch besitzen. Danach führte er mich in eine Art Tresorraum und er öffnete eine der Schatztruhen.

Er gab mir 5 Goldmünzen. Ich bedankte mich und sagte zu ihm wenn ich zurückkomme in meine Zeit

ihm ein Licht mit zubringen (vielleicht in Form einer normalen Taschenlampe).
Dann lege ich meinen Arm freundschaftlich auf seine Schultern und meine zu ihm-Ihr müsst noch viel lernen! Aber, ich helfe euch ja das ist versprochen. Dann frage ich ihm, was mit unseren Plan ist. Darauf meinte er zu mir, dass er schon alles vorbereitet hatte. Wir treffen uns morgen Mittag mit den anderen Lords aus dieser Region und besprechen alles. Er sagte, das hatte er dann noch ein Geschenk für mich hätte. Noch heute hatte er ein Fest für mich angesetzt. Ich merkte schon, wer viel Geld in dieser Zeit hatte, war viel am Feiern. Ob 1213 oder 2013, daran hatte sich wohl nie etwas geändert. Auch schaute er mich etwas argwöhnisch an. Du brauchst ein paar neue Kleider, oder? Du musst so angezogen sein wie ich, reich und edel. Ich sagte O.k.! Ich ließ mich darauf ein. Wir gingen in seine Gemächer. Der Lord öffnet einen alten Schrank knarrend und holte eine ritterliche Kluft heraus.
Er hielt sie mir hin. Ich lasse dich jetzt kurz allein. Probiere an. Es müsste passen. Du findest mich dann unten im Festsaal. Dann schloss er die Tür hinter sich.

Von Zeit zu Zeit frage ich mich warum dieser Lord so vertrauenswürdig mir gegenüber war. Ich wusste nicht, ob ich das je erfahren würde.
Als ich diese Kluft endlich anhabe, fühle ich mich gleich noch mal so schwer. Besonders durch das Kettenhemd. Ich gehe nach unten und es klimpert ständig an mir. Naja, was soll's denke ich mir. Nach einem Umtrunk bewegt sich etwas im Inneren der Burg. Viele Frauen und Männer richten den großen Saal her. Außer dem Schweinebraten und anderen Getier das hergerichtet wurde kam mir alles andere ziemlich komisch vor. Vor allen die Kräuter die gereicht werden sollten, so eine Art Salat in unserer Zeit. Immer wieder merke ich, wie mich von der Seite eines der jungen Dinger anschaut. Zunächst lies ich mir aber noch nichts anmerken und schaute, wie sich die Tafel mit den unterschiedlichsten Dingen füllte. Als der Lord kam bedankte ich mich für das Fest. Er überreichte mir ein Schwert. Jetzt bist du komplett, entgegnete er mir.
Wir warteten noch ein wenig.
Bis dann schließlich die Tafel eröffnet wurde. Alle wurden dann vom Lord aufgefordert sich zu setzen und das Weib setzte sich an meine rechte Seite, schräg von der Stirnseite des Lord's. Dann stand er auf und so auch wir. Der Lord erhob sein Becher aus

Gold und dankte Gott das er mich in sein Land geschickt habe um die Unabhängigkeit zu erlangen. Jetzt wusste ich, dass er es ernst meint mit unserer Freundschaft. Auf einen zweiten Tisch wurde etwas später eine Karte ausgerollt. Darauf zeigte er mir nochmals die Position wo die Grenzanlage entstehen sollte. Ich bejahte diese Sache. Wir gaben uns die Hand und besiegelten so den Vertrag. Dann tippte er mit dem Finger auf einen Punkt, auf eine Landzunge im westlichen Teil des Landes. Dort befindet sich eine Burg und das Land herum will ich dir geben, wenn du uns sicher gemacht hast. Nun ich willigte ein. Der Lord mahnt mich an. Vergiss nicht das Licht, das du mir versprochen hast.
Ich nicke ihm freundlich zu. Der Lord ging ein Stück zurück und schnipst mit dem Finger. Eine junge Frau kommt auf uns zu. Er nimmt sie an die Hand und überreicht sie an mich weiter. Dann sagte er, dass zu einer Burg auch eine Burgherrin gehört. Oder? Ich muss Schmunzeln und mache einen ehrfürchtigen Diener vor ihm. Dann zückt er sein Schwert und meint : knie nieder!
Jeder so glaube ich weiß, was dann geschah. Aus mir einen einfachen Mann wurde der LORD OF WEST ISLE. Dann setzten wir uns wieder und aßen und tranken den ganzen Abend. Der viele Wein machte

mich locker und ich näherte mich dem Weibe an. Sie hieß Lila und war seine zweite Schwester. Sie versuchte im Verlauf des Abends mir das Tanzen beizubringen, was aber im Bett endete, weil ich soviel Wein nicht gewöhnt war. Irgendwann später dann muss ich wohl eingeschlafen sein. Was und ob dann noch was passiert ist, nun es tut mir leid, ich kann es absolut nichts mehr dazu sagen.
Am nächsten Morgen.
Ich vernahm etwas Warmes an meiner Seite. Als ich meine Augen öffnete, konnte ich es erst nicht fassen was da neben mir lag. Sie ist schön! Dachte ich, was für ein schönes Gesicht und sie lächelt im Schlaf. Es waren schöne Momente, in denen ich alles um mich herum vergaß. Dann klopfte es an der Tür. Die Magd des Lord's bat uns zum Diner, dessen wir gerne nachkamen. Der Lord meinte dann, dass wir bald zur Tat schreiten würden, denn es gäbe erste Anzeichen für eine Revolte bei den Nachbarn. Wir setzten uns zusammen. Ich sage dir jetzt meinen Plan. Genau wie in deiner, so auch in meiner Zeit braucht man Geld oder Gold um etwas zu kaufen. Ich will es auf den Punkt bringen. Da fällt mir etwas ein und ich halte inne. Hoffentlich ist noch meine Zeitmaschine intakt! Die Einstellungen können sich eigentlich nicht verändert haben, es sei denn es hat jemand daran herum

gespielt. Hoffentlich sind die Batterien noch O.k.? Der Lord schüttelt mich aus meinen Tagtraum. WAS ist los? Ich komme zu mir, aber ich möchte nicht darüber reden. Nicht jetzt. Dann rede ich weiter. Bitte gib mir 5 Kilogramm Gold und ich werde dir Waffen aus meiner Zeit mitbringen. Waffen die dafür sorgen, dass du und dein Volk die nächsten 100 Jahre geschützt sind. Das verspreche ich dir!
Außerdem bringe ich dir eine Grenze aus Stahl mit. Diese wird es deinen Feinden unmöglich machen noch einmal in dein Land einzufallen. Ich bringe Licht mit. Nur für dich. Denn Strom brauchen wir. Er legte seine schweren Hände auf die meinen. Könntest du dir vorstellen für immer hier zu bleiben, fragt er mich? Unser Land könnte so einen wie dich gut gebrauchen. Ich würde alles dafür geben, wenn du dich für uns endscheiden könntest. Ich ging in mich und ließ meine Gedanken schweifen. Was habe ich schon in der Zukunft? NIX! Und hier? Der Lord fällt mir ins Wort. Wenn ich es mir recht überlege. Ich brauche noch einen L. oder wie sagt man in eurer Zeit hier äh, Verteidigungsminister. Kurz darauf sagte ich zu und wurde seine rechte Hand. Dann gingen wir zurück in den Raum in den der große Tresor stand. Er gab mir Gold so viel ich brauchte. Im Hof waren schon die Pferde gesattelt. Der Lord übergab mir 6

Soldaten. Das ist meine Leibgarde. Dann wünschte er mir einen guten Weg. Wann sehen wir uns wieder? Ich überlegte kurz und meinte dann, gib mir eine Woche oder vielleicht kürzer! Du weißt, dass ich jetzt ein großes Vertrauen in dich setze, also enttäusche mich nicht o.k.! Vom Pferd herunter gab ich ihm meine Hand und nicke ihm zu. Ich wollte schon los, drehte mich aber noch einmal um, denn Lila kam angelaufen. Ich kehrte noch einmal um, stieg ab und gab ihr einen Abschiedskuss und meinte zu ihr - wir sehen uns wieder, das verspreche ich dir! Gib mir eine Woche!. Sie zu mir: I love you! Und jetzt geh, ich warte hier auf dich! Dann verabschieden wir uns nocheinmal. Ich saß auf und wir ritten von dannen.

An der Zeitmaschine angekommen lud ich alles ein, starte die Maschine und ließ sie etwas warm laufen, wegen der Batterie. Dann bedankte ich mich bei der Garde und entließ sie mit den Worten: Wir sehen uns in eine Woche wieder und bringt Gespanne mit. Dann verließen sie mich und ritten aus dem Wald.

Zu Hause angekommen, in der Zukunft, brauche ich einige Minuten um zu fassen, das alles der Wahrheit entsprach. Schließlich durfte ich keine Zeit verlieren. Ich machte mir eine Checkliste, was ich alles brauchte, was ich alles transportieren konnte. Beim schreiben dieser Liste wurde ich dann sehr müde, so

das ich es nicht mehr ins Bett schaffte. So schlief ich neben meinen Aufzeichnungen einfach am frühen Abend ein. Irgendetwas piepste und ich schreckte hoch. Eilig suchte ich etwas was mir die Zeit anzeigte.
Die Küchenuhr zeigte 8.13 Uhr an. Nach einem eiligen Imbiss besuchte ich einen alten Bekannten welcher auf „Rechts" war. Wir waren keine Freunde, aber wenn er ein Geschäft roch war es ihm egal ob Freund oder Feind oder wer auch immer. Ich sagte, ich bräuchte 100 Gewehre mit scharfer Munition. Er dann - kannst du zahlen? Ich gab ihm eine von den Goldmünzen, die ich vom Lord bekommen hatte. Du bekommst eine Goldmünze pro Waffe und 150 Schuss. OK! Er machte den Biss-Test und willigte ein. Woher hast du das Gold? Ich zu ihm: das hat dich nicht zu interessieren, ich kann dir nur sagen das ihr Alter 800 Jahre beträgt.
Ich frage dich ja auch nicht woher du deine Waffen hast. OK, meinte er kopfnickend. Komm übermorgen wieder. 10.00 Uhr und hierher, ich werde sehen was ich für dich tun kann. Dann fuhr ich los, die anderen Sachen zu besorgen, die noch auf meiner Liste standen um die Grenze zu sichern.

3 Tage später. Ich hatte ich eine halbe Tonne Material zusammen und bezahlt vom Gold des Lords. Jetzt hatte ich ein neues Problem. Wie schaffe ich eine halbe Tonne Material in die Vergangenheit. Und das 800 Jahre zurück? Ich müsste ein größeres Zeitgerät bauen, oder 10 bis 12 Zeitsprünge machen. Beides wäre sicher verhängnisvoll, wenn etwas unterwegs schief ginge. Doch was ich in Betracht zog, betätigte sich dann doch. Denn es war egal wieviel Kilogramm etwas wog. Es kam nur auf die Leistung der Batterien an. Eine kleine Neuberechnung und der Kauf neuer, stärkerer Batterien, alles war schnell erledigt.

Wieder saß ich in meiner Zeitmaschine und startete, alle Dioden waren auf grün, nur es passierte nichts! Ich schaute mich kurz um. Ich sah das aus dem Batterieraum Rauch kam. Bei der Kontrolle stellte ich fest, dass sie sich aus irgendeinem Grund entladen hatten. Ich wusste jetzt auch warum. Ich hatte das „Anhänge-Gerät" bei meiner Berechnung vergessen. Ich hatte noch zwei Goldstücke. Also bin ich noch einmal los um 2 neue Batterien zu kaufen. Der Start verzögerte sich nur unwesentlich.

Start 1400 in die Vergangenheit. Ich war schon eine Stunde überfällig, doch dann klappte alles.

Angekommen in der Vergangenheit. Es stand schon meine Garde bereit und wartete auf mich. Dann halfen sie mir beim Umladen. Sie schauten komisch drein, da sie so etwas noch nie gesehen hatten. Dem einen fiel eine Lampe herunter, welche darauf anfing zu leuchten. Er erschreckte sich gewaltig und fragte mich, was das sei? Ich hob die Lampe auf und leuchtete ihm ins Gesicht und meinte einfältig: das ist Licht! Ist neu für dich was? Naja, das lernst du auch noch!
Dann war alles verstaut und wir fuhren los. Der Lord erwartete mich schon und begutachtete das Mitgebrachte. Dann nahm er eine Waffe vom Wagen in die Hand und fragte mich was das sei. Er witzelte. damit erdolcht man Menschen in deiner Zeit? Ha, ha, ha,…. Ich nahm ihm die Waffe aus der Hand und wurde ernst. Damit kannst du 5 Feinde auf einmal umnieten, wenn man damit richtig umgeht. Ich nehme ein paar Geschoße aus der Munitionskiste und lege sie in die Kammer. Lade und ziele auf ein paar Äpfel, die auf der Mauer liegen. Dann drücke ich ab. Der erste Apfel zerspringt, er ist nur noch Muss. So auch der zweite und dritte. Dann nehme ich die letzte Patrone wieder aus dem Lauf und lege sie ihm in die Hand. Jetzt weist du welchen Schaden diese Waffe anrichten kann? Der Lord zeigt sich verblüfft und ich hatte

ihm nicht zu viel versprochen. Damit werde ich deine Welt retten. Bitte verstau alles sicher auf dem Wagen bis morgen. Dann fangen wir mit dem Bau der Grenzanlage an. Ach, ja, ich brauche morgen 100 Mann. Der Lord war erfreut. Die sollst du erhalten.
Als hätte ich es schon erwartet, umfassten mich zwei Arme von hinten. Lila! Ich drehte mich zu ihr um und wir begrüßten uns.
Du hast Wort gehalten und bist zurückgekommen! Komm mit du must hungrig sein von der langen Reise. Sie hat alles hergerichtet für ihren Herrn, was zu dieser Zeit ganz normal ist. Ich fühlte mich wohl bei ihr, auch wenn wir in 1213 lebten. Kurz darauf ließ sich noch einmal der Lord bei uns sehen. Zuerst erkundigte er sich bei seiner Schwester ob alles gut wäre, was sie bejahte. Dann kam er zu mir an den Tisch. Da du nun dein Wort gehalten hast, wird es auch Zeit, das meine zu halten. Wenn ihr fertig seid möchte ich euch bei mir sehen. Ich habe mit euch noch etwas vor. Lila meint zu mir, mein Bruder spricht immer so in Rätseln. Alsbald verließ er uns wieder.
Später dann beim Lord. Er fragt mich bei einem Rotwein, wozu ich 100 Mann bräuchte. Ich erzähle ihm, dass ich sie zum Bau der Grenze brauche und sie werden sie dann später beschützen. Deshalb will ich sie

ausbilden an den Waffen, die in dieser Zeit wohl die modernsten sind. O.K.. Gut! Und wirst du hier bleiben? Ich überlegte nicht lange und sage JA! Eine Entscheidung, die ich für mich traf.
Liebt ihr euch? Fragte er uns. Lila nimmt mich in den Arm. Wir schauen uns an. JA! Und wann ist Hochzeit? Wir lachen. Weißt du, so sagte ich ihm, in meiner Welt heiratet man nicht so schnell. Lass uns erst einmal das Land sicher machen, dann kannst du uns noch einmal fragen. Vernünftig so, meint der Lord. Ich habe deshalb, zur Hochzeit, ein Geschenk für euch. Er rollt eine alte Karte auf dem Tisch aus. Dann nahm er eine Feder und tunkte sie in blaue Farbe und umkreiste damit ein Stück Land gelegen am Meer. Hiermit schenke ich euch dies Land. Dann übergab er mir die Besitzurkunde. Ich habe da noch etwas für euch. Und zeigt auf die Drei Kisten hinter uns. Morgen bring ich euch dort hin und dann geht's frisch ans Werk. O.K! Es gab dann ein gewaltiges Händeschütteln. Gesagt. Getan.
So wie der Plan besprochen wurde, wurde alles durchgeführt. Auch meine Zeitmaschine nahm ich mit auf meine Burg, sowie meine Lila. Es gefiel uns dort sehr. Aber, noch am selben Tag musste ich meine Burg und Frau wieder verlassen.

Auf unbestimmte Zeit, da ich nicht wusste wie lange der Grenzbau dauern würde. Auf dem Ritt dort hin meine ich zum Lord. Wir sollten an der dünsten Stelle bauen. Doch der Lord war sich nicht ganz sicher, denn so meinte er, dass wir dann schon zwei Meilen in Feindesland stehen würden. So muste ich meinen Plan neu verfassen.
Am nächsten Tag.
Der Plan lag auf den Tisch. Alle Verantwortlichen standen im Kreis mit mir vor dem Plan. Ich zeigte ihnen, was alles gemacht werden musste. Wenn euch ein Späher fragt, dann sagt ihr, Schottland braucht Holz. Und nicht mehr. Mit einem Holzstück zeigte ich an, von wo bis wo und wie breit der Wald gerodet werden musste. Die Arbeiten begannen. 100 Mann waren voll im Einsatz. Von früh bis spät. Es dauert dennoch ganze zwei Wochen bis ein Streifen eine halbe Meile abgeholzt war. Den Abend darauf legten wir die Mienen und ich sandte aus Vorsicht ein paar Männer aus, Schilder aufzustellen. Auf diese stand.

VORSICHT!
Schottische Grenzanlage
LEBENSGEFAHR!!!
Betreten Verboten!!!

Anschließend wurden die Kabel gezogen. Sonnenkollektoren aufgestellt und der Zaun elektrisch gesichert. Dann bildete ich die 100 Männer an den Waffen aus. Als Letztes wurde ein Wall aufgeschüttet.
3 Monate später. Es stand alles sicher. Nochmals ließ ich alle Männer zusammen rufen. Denn sie waren jetzt verantwortlich für ihr Land.
Nun war es auch Zeit, an meine Liebste zu denken. Und so machte ich mich auf den Weg zu ihr. Denn es ist ungewöhnlich ruhig zwischen Freund und Feind. Lila erwartete mich schon sehnsüchtig, was ja ganz normal ist nach so langer Zeit. Die Zeit war jetzt reif, sie zu fragen, ob sie meine Frau werden will. Und natürlich, sie war bereit. Dann fuhr sie mit der Hand über ihren Bauch und lächelte. Ich wusste gleich, was sie damit meinte. Dann wird es ja höchste Zeit, mit deinem Bruder zu sprechen. Sie nickte wieder. Noch am selben Tag sandte ich einen Boten zu ihrem Bruder, um die glückliche Nachricht zu überbringen.
Es war Mitte der Woche und wir wollten schon am kommenden Wochenende heiraten. Der Lord war hoch erfreut über diese Entscheidung. An diesem Abend dachte ich noch so darüber nach, dass ich sicher einmal in meine Zukunft reisen würde. Dann würde ich aber meine Lila mitnehmen. Jetzt stand aber noch ein wenig Arbeit an. Viele Hände halfen

und so wurde es ein berauschendes Fest. Und wie heute, so auch damals, war es schon Sitte, kirchlich zu heiraten. Noch in dieser Hochzeitsnacht erklärte ich ihr genau, woher ich kam. Aufgeweckt hörte sie mir zu. Und ich sagte ihr, dass ich sie am Morgen dahin entführen würde.

Wieder dachte ich an ein Problem. Ich sagte zu ihr, du must dich umstellen in meiner Welt, die komplett anders ist. Und ich muss dir andere Klamotten besorgen. Das heißt, du wirst einen kurzen Moment allein bleiben müssen. Erstaunt schaute sie an sich herunter. Wieso? Bin ich nicht gut angezogen? Ich nahm sie in den Arm. Doch. Doch natürlich! Nur, in meiner Zeit, du musst verstehen, 800 Jahre später, da tragen die Frauen etwas anderes. Auch Hosen wie Männer. Sie muss ein wenig lächeln. Hosen? Das möchte ich nicht.

Ein neuer Tag gewann an Kraft.

Die Sonne kam schnell über den Horizont und wir setzen hinüber, in meine Zeit. Ich nahm ein paar Goldmünzen mit, die uns in der Zukunft weiter helfen sollten.

Dann Ankunft in der Zukunft.

Als wir unsere Augen öffneten, dachte ich als erstes darüber nach, ob Lila das ganze überhaupt verarbeiten konnte, was da mit ihr passierte. Ich musste ihr

darauf jedes kleine Detail behutsam erklären. Sie ist zwar 25 Jahre alt aber in meiner Zeit ein kleines Kind. Wird sie sich zurechtfinden? Ich geleite sie in mein kleines Haus. Zeige ihr und erkläre ihr alles so gut ich kann. Doch erschreckt sie immer wieder.
Wir fahren mit dem Wagen kurz darauf in die nächste Stadt. Sachen kaufen. Wieder wundert sie sich. Das sind aber komische Wagen? Wieder sind Erklärungen notwendig. Ich bleibe aber geduldig, denn ich würde sicher genauso reagieren. Im Weiteren erkläre ich ihr eine chinesische Esskultur.
Mit einem Mal hörten wir ein Donnern über uns. Erschrocken fragte sie mich. Was war das? Ich schaute nach oben und zeige ihr das "Etwas" am Himmel. Das sind stählerne Vögel. Genannt Flugzeuge. Da sitzen sicher 200-300 Menschen drin. Sie schüttelte den Kopf. Wie soll das gehen? Ich glaube, dass es zu schwer ist, ihr das zu erklären. Wie soll ich ihr das alles erklären? Es wird besser sein, in ihrer Zeit zu bleiben. Doch auf meinen Geländewagen wollte ich auch in der „Vergangenheit" nicht verzichten und entschloss mich, diesen einfach mit zu nehmen. Nun, für Lila gab es viel zu sehen.
Die Zeit verrann und wir reisten zurück. Ich hatte aus Liebe zu ihr mit meiner Zukunft abgeschlossen. Jetzt,

so dachte ich, werden wir uns ein ruhiges Leben genehmigen, in 1213. Die Kinder werden groß und wir werden alt werden.
Doch diese Geschichte ist noch nicht zu Ende.
Dann 14 Tage danach. Es brach der große Krieg zwischen den beiden großen Völkern dieser Insel aus. Es war noch früher Morgen und Lila ist schon auf. Denn in einer Welt ohne Technik muss früh aufgestanden werden, um etwas zu schaffen. Nun, wenn ich mir das recht überlege, habe ich in den vergangenen Wochen eine Menge überwunden. Ich fange an zu träumen. Das Leben hier hatte mir gut mitgespielt. Schön, wenn es so bliebe. Ich bin mit meiner Frau in der Vergangenheit und sie zeigte mir alles, was ich noch nicht wusste. Mein so schöner Traum fand aber ein jähes Ende.
Die Türen knallten und ich schreckte hoch. Ich dachte Lila steht vor mir. Aber nein, es war ihr Bruder, der Lord. Entschuldigt, dass ich so rein platze. Aber wir haben ein dickes Problem. Kurz darauf, auf der Treppe unserer Burg. Der Lord sah bestürzt aus.
Was ist, frage ich mit harter Stimme? Du musst mit mir kommen. Die Engländer haben Lunte gerochen. Wie ein Späher berichtete, wollen sie morgen schon angreifen und sie wollen die Grenze nicht akzeptieren und uns unterwerfen. Wir müssen handeln. Die

Armee braucht dich jetzt. Ich sah Tränen in Lilas Augen und nahm sie wie schon so oft in den Arm und tröstete sie. Nun, mein Lord, ich glaube das ich dich beruhigen kann, denn unsere Männer sind gut ausgerüstet und ausgebildet. Er fiel mir ins Wort. Die Engländer aber auch! Das ich noch einen Joker in der Hinterhand habe, hatte ich ihn noch nicht verraten. Nach dem guten Mahl mit meiner Frau erzähle ich ihm, von der zweiten Haut, die ich das letzte Mal mitgebracht hatte. Etwas, das unsere Männer gut schützen würde. Unterdessen frage ich ihn ernsthaft. Wann wollen wir losschlagen? Nun, er sagte morgen, um die Mittagszeit. Wir gingen nach draußen und ich öffne die Tore. Licht fiel in den Raum. Erstaunt blieb zunächst der Lord stehen, weil er nicht glauben konnte, was er da sah. Was ist das vor ein Ungeheuer? Das ist kein Ungeheuer. Ein Automobil, ein Geländewagen. Dann wirft er ein, dass der Weg weit ist. Wir müssten heute noch los reiten. Ich klopfte ihm auf die Schulter und lächelte. Damit sind wir in 3-4 Stunden locker dort. Der Lord grübelt. Was kann das? Wie war das noch mal -Automobil? Ja. Ich öffne ihm die Tür. Bitte einsteigen. Mit ungläubigem Blick steigt er ein und lässt es über sich ergehen. Ich setze mich neben ihn hinters Lenkrad und Ich fasse den Zündschlüssel an und will den Motor starten. Da fällt

mir ein, dass sich der Lord eventuell erschrecken könnte. Deshalb bitte ich ihn sich anzuschnallen, damit er mir nicht aus dem Sitz fällt. Bleibt jetzt bitte ruhig auf euren Stuhl sitzen, bitte ich ihn.
75 Pferdchen werden sich jetzt erheben. Bitte nicht erschrecken. Dann startete ich den Motor und der Wagen fängt leicht an zu vibrieren. Der Lord hielt sich am Griff fest. Ich spürte, dass es ihm nicht gerade gut ging, als ich den 1. Gang einlegte und losfuhr. Mit dem Geländewagen ist ein Anhänger verbunden und wir fahren zum Nebengelass. Auf dem Hof angekommen, zeigte ich ihm, was ich da aufgeladen habe. Was ist das? Ich bitte den Lord, dass er seine Rüstung ablegt. Als dann streifte ich ihm eine der mitgebrachten Westen über. Das ist eine Ritterrüstung aus der Zukunft. Nur diese ist fast zu 100 Prozent sicher und schützt dein Leben und das unserer Männer dort an der Grenze. Ich machte einen Test mit ihm und stieß leicht mit einer Speerspitze an seinen Oberkörper. Es überzeugte ihn. Dann schaute er in den Hänger und was ist das? Er sah die Kanister. Nunn das brauchen die 75 Pferdchen, damit sie arbeiten. Verstehst du? Und nun beruhige dich. Ich bin für den Notfall vorbereitet. Sei morgen früh um 6 Uhr hier und wir gehen auf die Reise. Schicke einen Boten an die Front damit unsere Leute wissen, dass wir

morgen zu ihnen stoßen und das heute noch. Der Lord stimmte mir zu, dies zu tun. Am nächsten Morgen, sehr früh schon. Ich verabschiedete mich von meiner Frau. Fuhr ihr noch einmal über ihren Bauch mit meiner Hand und meinte zu ihr, dass Sie gut darauf aufpassen sollte. Ich habe schwer dafür gearbeitet. Ein letzter Kuss für die nächste Zeit, denn ich wusste nicht, wann ich sie wieder sehen würde. Sie verlor noch eine Träne. Und pass gut auf dich auf und ein Gott sei mit dir gab sie mir mit auf den Weg.
Nicht lange danach. Der Lord war auch schon da. Wir fuhren an die Grenze. Als wir unterwegs waren, ließ er durchblicken, dass er auch gerne so ein Gefährt hätte. Ich sichere ihm zu, dass ich ihm ebenfalls auch einen Geländewagen besorgen werde.
Ein paar Stunden später.
Wir kamen auf dem Schlachtfeld an. Wir kommen etwas zu spät. Die Katapulte schossen unentwegt Feuerbälle ab. Schnell verteilten wir noch die Westen um uns, um unsere Leute zu schützen. Ein paar Männer hatte es trotz der Gewehre schon erwischt. Alles ging sehr schnell. Die Gewehre rattern. Und auf der Gegenseite fallen viele Feinde um, wie die Fliegen, auf einen Misthaufen der zu stark gedünkt wurde. Auch die Mienen taten ihren Teil. So verging Stunde um Stunde. Ich verschanzte mich sicher hinter einem

der hohen Wälle und beobachtete alles. Ich sah, dass mein Plan dank der Gewehre und Maschinen aufging.

Am frühen Nachmittag war alles vorbei. Dunkler Rauch wehte über dem Gelände. Der Wind der zeitweise aus Süden herein weht, bringt einen fauligen Geruch mit. Kein Wunder, bei 30 Grad. So langsam wird es still um uns her. Der Lord kam auf mich zu, kniete nieder und viele unserer Kämpfer hinter ihm. Großer Herr, Lord of Isle wir danken dir! Wir umarmten uns und ich nehme den Dank an. Ich ließ ein Fest ausrufen für alle Männer hier an der Grenze, denn sie hatten es sich verdient. Sendet ein paar Männer aus, die das Wildbret besorgen. Alle anderen blieben in Bereitschaft. Als nächstes betrieb ich ein wenig Logistik. 16 Mann musten ihr Leben lassen, auch Munition wurde wieder gebraucht. Vielleicht auch einige schwerere Geschütze. Der Abend war gekommen. Die große Kraft die wir unseren Feinden entgegen gebracht hatten war so hart, dass die Engländer so geschwächt waren, dass sie von einem zweiten Anschlag zunächst absahen. Was nicht hieß das sie nicht eines Tages wieder zuschlagen würden. Aber, dieser kurze Krieg hat gezeigt, dass wir auch in den nächsten 100 Jahren unabhängig bleiben könnten.

Somit hatte ich die Geschichte schon geändert. Wir setzten uns in die Runde der Männer, Fleisch wurde gegrillt, Brot wurde gereicht - Bier und Wein wurde verteilt. Es war ein berauschendes Fest. Dann wurde getanzt, gesungen und Musik gespielt.
Am nächsten Morgen.
Ich trat aus dem Zelt. Beschaute mir alles um mich herum. Eine Stille, so trügerisch. Ist wirklich alles gut? Diebisch schaue ich wo meine Waffe steht und zur Sicherheit ziehe ich meine Weste an und ging nach draußen, in Richtung Süden. Ich näherte mich der Grenzanlage. Ich konnte genau durch die rechteckigen Zaunverstrebungen schauen, auf Feindesland. Doch, was ich da sah, verschlug mir die Sprache. So viele Tote, Gebeine! In mir stieg irgendwie eine gewaltige Wut hoch, die ich dann heraus schrie. Ich musste heulen, da ich so etwas noch nie gesehen hatte. Das mussten 1000de gewesen sein. So die halbe, ach was denke ich, wenn nicht sogar die ganze Armee der Engländer, die da lag. Ich knickte darauf am Zaun ein und heulte alles heraus. Kurz darauf hörte ich Schritte hinter mir. Die Schritte hörten irgendwann auf. Ich schaute mich um. Ich sah, dass der Lord hinter mir stand. Wortlos, zeigte ich in die andere Richtung. Mit verzerrtem Gesicht frage ich ihn, hast du das gesehen? Er sagte zu mir, hey, du musst

das verstehen, so ist das nun mal im Krieg! Es gibt Gewinner und Verlierer. Ich stand auf und entfernte mich. Ich schrie mich an! Reue! Das habe ich nicht gewollt! Und brauchte jetzt einige Zeit für mich. Um mein Gesicht vor meinen Männern, Soldaten zu wahren ging ich mit aufrechten Gang in mein Gemach. Ich packte meine Sachen und ging zum Geländewagen. Hier gab es jetzt erst mal nichts mehr für mich zu tun.

Nimmst mich mit zurück? Fragt der, der neben mir steht. Ich gab ihm einen Wink und er stieg ein. Wir fuhren los und schwiegen uns an. In nächsten Moment versucht er mich auf anderen Gedanken zu bringen. Und es gelang ihm zunächst nicht. Ich musste das Erlebte erst einmal verarbeiten. Auch jetzt bekam ich zu spüren, das diese Zeit auch ihre Schrecken hatte und nicht alles Gold ist, was glänzt. Dann stoppte ich den Wagen und schaute in seine Augen. Mein Gesicht musste in diesen Moment ziemlich grimmig ausgesehen haben. Weist du, sagte ich zu ihm. Ich überlegte kurz dann redete ich weiter. weißt du, in 720 Jahren wird in Europa ein fürchterlicher Krieg ausbrechen, der Millionen von Menschen auf dem ganzen Kontinent ihr Leben kosten wird. Ich hatte nicht mit berechnet, was ich da tat. Ich fühlte mich schuldig. Ich legte den Gang ein und fuhr weiter.

Irgendwann später musste ich aber einsehen, dass ich eine große Mitschuld oder sogar die Hauptschuld trug. Die ganze Sache war jetzt nicht mehr zu ändern und ich trug sie noch lange mit mir herum und ich werde mit dieser Schuld leben müssen. Auch wenn ich einem Volk das Leben gerettet hatte. Als wir auf der Burg des Lord's ankamen, bat er mich, auf einen Schluck rein zu kommen. Ich ließ mich überreden, auch etwas zu essen wird gereicht. Dann lief der Wein in strömen unsere Kehlen hinunter.

Irgendwann, knipste der Alkohol bei mir auch das letzte Licht aus. Ich machte so etwas normalerweise nicht, aber in dieser Situation hatte ich keine Wahl. Ich wollte jetzt nicht auf meiner Burg bei meiner Frau sein und bat ihm, dass ich eine kurze Zeit bei ihm bleiben durfte. Der Lord willigte auch ein.

2 Tage und 2 Nächte.

Nun, diese Zeit hat mir geholfen über manches hinweg zu kommen. Ich fühlte mich befreiter. Schließlich ging ich durch die Hölle. Ich verabschiedete mich von ihm. Startete meinen Geländewagen und fuhr nach Hause. Nach dem Zuhause, in der Vergangenheit. Ich ließ mir bei Lila nichts anmerken. Spielte

den normalen Ehemann. Wieder war alles in Ordnung. Das Leben musste weiter gehen. Am nächsten Morgen sprach ich mit Lila, dass ich noch einmal in die Zukunft müsse. Nachschub holen. Außerdem wollte ihr Bruder auch ein Automobil. Sie fragte mich. Nimmst du mich mit? Aber ich verneinte. Denn ich wollte nicht, dass unserem Baby etwas durch den Zeitsprung geschah. Ich versprach ihr dann, Lila, es wird das letzte Mal für sehr, sehr lange Zeit sein, das ich dich verlasse. Versprochen!
Schon am nächsten Morgen.
Ich verließ die Vergangenheit, um in die Zukunft einzutauchen. Wie versprochen ließ ich mir nicht viel Zeit. Ich wollte lieber bei meiner Frau sein. Ich besorgte alles schnell was gebraucht wurde. Am Abend schaute ich noch ein letztes Mal ins Internet, ob sich die Geschichte wirklich geändert hatte. Und richtig. Die Geschichte Schottlands und Englands war jetzt eine andere. Eine andere als die, die wir kannten. Aber leider nur bis ins Jahr 1851. Dann holte England sich das, worauf sie solange gewartet hatten. Schottland!
Das, so dachte ich, DAS würde mich dann sowieso nicht mehr interessieren da ich jetzt bei Lila in der Vergangenheit bleiben würde. So entwickelte ich ei-

nen Plan für die Zukunft, sorry, für die Vergangenheit meine ich natürlich. Um dort ein ruhiges Leben zu führen. Ich werde die Zeitmaschine einmauern lassen, für den Notfall. Und dann ist Schluss mit dem Stress. So packte ich alles zusammen und schaute ein letztes Mal zurück! Aus Ironie ließ ich einen Abschiedsbrief zurück. Wer immer diesen fand, wusste wo ich mich aufhalte. Ob diese Person es dann glaubt? Das steht wohl auf einem anderen Blatt Papier.

Ein letztes Mal reiste ich nun. Lasse die Zeitmaschine verschwinden und gab mich nur noch meiner kleinen Familie hin. Wovon wir lebten, nun darin liegt mein Schicksal, das es so wollte, dass ich Waffenschmied wurde. An der Grenzanlage gab es hin und wieder mal ein paar Unruhen, aber nichts weltbewegendes, denn die Geschichte war bereits geschrieben. Natürlich bekam der Lord seinen Geländewagen und fühlte sich als King. Die Familie wurde größer, alles wurde doch noch gut. Nun stehe ich hier an der Klippe, und schaue froh in die ZUKUNFT..........

The End............... 20.04.2013.

2 Band

"Kick down "- Die Reise endet nie

Vorwort: Dies ist eine fantastische Geschichte die mich so fasziniert, dass ich nicht aufhören kann daran zu denken. Und so spinne ich sie weiter. Also, es war im Jahr 1941. Deutsche Truppen unterwegs in Richtung Britisch-Empire.

Ein paar deutsche Flieger mit ihrer Fokker haben sich durchgereicht gen Norden, Norden da wo Schottland ist. Einer von ihnen ist der Militärflieger Otto, welcher ein wenig dicklich, aber in den besten Jahren. Ihm lag die Fliegerei schon immer. Scheiße, scheiße schrie er. Und versuchte den Engländer hinter sich abzuschütteln. Aber im nächsten Moment schoss es aus seinem Munde. Man ist der gut! Der Engländer lässt und lässt sich nicht abschütteln. Otto fachsimpelt mit sich selbst: Man, was haben die vor gute Motoren. Ich glaube wir Deutschen haben Nachholbedarf. Die haben die sicher, von den Amis. Was er nicht wusste, es waren Rolls- Royce Motoren, was damals eine echte Geheimwaffe war. Mehrmals drehten und wanden sich beide Maschinen in der Luft.

Ein Gewitter lag in der Luft. Otto fühlte, dass er hier auf einem Pulverfass saß. Beide Maschinen drehten sich, beschossen sich. Otto bekam es mit der Angst zutun. Er schaute auf die Tankanzeige. Schitt! Das reichte nicht mehr zurück zum Stützpunkt. Er ging über, zu Plan B. Er nahm reiß aus, bevor der Maschine der Sprit ausging. Doch das war ein Fehler. Der Engländer holte ihn wieder ein. Das MG ratterte. Otto konnte nur noch bedingt seine Maschine steuern. Jetzt war all sein Können gefragt. Da er nicht der Schlankeste war, hatte er damit ein kleines Problem. Er steuerte seine Maschine über einen kleinen Hügel. Der Engländer immer noch hinter ihm her, Richtung Meer. Otto sichtete in Fensterhöhe eine alte Burg. Eine alte, zerfallende Burg. Momentan wusste er nicht mehr, wo er sich noch befand. Er hat die Hosen voll. Das englische MG ratterte abermals. Dieses Mal war der Tank dran, was er an der Tankanzeige bemerkte. Er musste jetzt eine Entscheidung treffen. Für's Volk und Vaterland ich muss hier irgendwo runter. Er überflog die Burg. Nach einer Drehung sah er eine kleine Wiese. Ziemlich eben hier. Denkt er und ging runter. Doch es reichte dem Engländer nicht. Er zieht nochmals durch und trifft abermals.

Otto's Maschine war am Ende.

Der Sternmotor fiel aus. Er ist am Ende, ich muss runter. Mit bombertypischem Gewese schmierte die Fokker ab. Gerade noch rechtzeitig auf die Wiese, bevor der nächste Wald beginnt. Er hatte Angst, dass der Engländer ihm auch hier nicht in Ruhe lassen würde. Doch komischerweise flog der weiter. Vielleicht auch deshalb weil Otto's Heck anfing zu brennen. Er hatte wohl gedacht, das Feuer würde ihm wohl den Rest geben. Otto landete die Maschine. Stieg aus und entfernt sich. Er war außer sich Rettete sich in den Wald. Er sah der englischen Maschine noch einmal hinterher. Der Engländer wendet und entfernt sich dann. Otto brauchte jetzt ein paar Minuten, um alles zu verarbeiten und um zu fassen, was alles passiert war. Das Feuer wird nicht größer, da der Tank fast leer war. Als wieder Ruhe über ihm einkehrt war, rannte er zurück zu seiner Maschine, um zu retten was noch zu retten war. Er versuchte noch einen Funkspruch abzusetzen, aber die Funkantenne hatte es auch erwischt. Und was brachte es? Er weiß ja selbst nicht, wo er in Schottland ist. Wo bin ich? Er nahm seine Wasserflasche, Essensbox und das Gewehr mit und ließ seine Maschine zurück.

Er erinnerte sich an die alte Burg, die er überflogen hatte. Otto brauchte etwas für die Nacht. Und so überlegte er nicht lange und ging in Richtung Burg. Nach einer halben Stunde Fußmarsch erreichte er diese. War wohl die richtige Entscheidung, dachte er so. Dort angekommen, packte er alle seine Habseligkeiten im Zentrum der alten zerfallenen Burg aus. Holte Holz und machte sich ein kleines Feuer. Abend wird es. Einer der Nebenräume steht noch, in dem er übernächtigen könnte. Sogar das alte Tor war noch intakt. Doch als er das alte Tor öffnete blieb ihm fast das Herz stehen. Was ist das? Mit großen Augen beäugte er das Gefährt vor ihm. Was ist das? Wo kommt das her? Er sucht nach irgendeiner Kennung. An den Batterien fand er ein Datum. Mai 2013, Made in Germany. Es verblüffte ihn. Wie konnte es sein?

Otto schaute sich weiter um. Auch das Herstellungsdatum einzelner Elemente und der Reifen verriet ihm, das er oder diese Maschine im falschen Film sein mussten. Er versuchte die Maschine zu starten. Doch nichts ändert sich. Schnell merkte er, dass die Batterien tot waren. Otto überlegte, was für eine Maschine ist das nur? Er konnte es nur herausfinden, indem er die Maschine startete. Doch er war viel zu müde. Otto legte sich schlafen. Alles Weitere hat auch Zeit bis morgen.

Am nächsten Morgen

Er steht im Zentrum. Es war ruhig um ihm herum. Otto fragte sich so lapidar, warum es gestern nicht auch so ruhig war. Ich muss was tun. Am Rande der Burg fand er einen alten hölzernen Karren den er notdürftig reparierte. Mit diesem kehrte er dann zu seiner Maschine zurück und baute die schweren Batterien aus und das was er dachte, dass er es noch gebrauchen könnte. Zurückgekehrt in der Burg macht er sich gleich ans Werk. Er hoffte, dass er mit dieser Maschine zurück in die Zivilisation kommt. Noch wusste er nicht, was gleich mit ihm passieren würde.

Denn es ist kein Fahrzeug, normalerweise. Mehr doch eine Zeitmaschine. Da alles in seiner Sprache war, hatte er keine Probleme zu starten. Also drückte Otto auf den Startknopf. Vor Angst wollte er noch aussteigen, doch es war zu spät. Die Maschine riss ihn mit. Ihm blieb nur noch die Zeit seine Augen zu schließen. Als er dann seine Augen wieder öffnete, wusste er nicht, was er denken sollte. Aber, so langsam ging ihm ein Licht auf. Wie konnte ein Gefährt aus dem Jahr 2013 ins Jahr 1941 kommen? Und ist er jetzt? War das vielleicht eine Zeitmaschine? Geredet wurde in seiner Zeit schon davon. Gesagt wurde aber auch, dass so etwas erst vielleicht so in 500 Jahren möglich sein wird.

Er schaute sich um. Wo bin ich bloß? Keine Straßen, die Luft so rein. Otto merkte gleich, dass er in Erfahrung bringen musste, wo er ist und in welcher Zeit er sich befand. Er versteckte im Wald unter einer Tarnplane die Zeitmaschine und machte sich auf den Weg Richtung Süden, so wie es ihm der Kompass anzeigte. Es dauert nicht lange dann traf er ein paar Leute des Weges. Otto versteckte sich vor diesen, da sie sehr ungewöhnlich angezogen waren und auch einen Turban auf den Kopf trugen. Otto kratzte sich am Kopf. Äh, die Männer haben aber lange Bärte? Jetzt glaub ICH bin im falschen Film. Er gelang über Umwegen dann in eine Stadt. Mit Händen und Füßen versuchte Otto sich bei den Leuten Gehör zu verschaffen, bis man ihm klar machte, dass er im Heiligen Land angekommen ist. Alle sprechen von dem, der da Dinge tut. Kranke heilt und Tote auferweckt. Jetzt war ihm klar, wann und wo er ist. Und auch das die Gegenwart der vollen Wahrheit entsprach. Es kann nur einen geben, der da gemeint war. Jesus! Otto musste jetzt versuchen sich anzupassen. Er ist zwar Deutscher, aber ihn faszinierte diese Zeit schon immer. Und so verging die Zeit.

1 Jahr später.

Otto hatte es schwer. Doch durch sein Wissen gelang es ihm fuß zu fassen. Und er erlernte die Sprache der dortigen Menschen. Eigentlich wollte er auch dort nicht mehr weg. Das war genau seine Zeit. Auch hatte er Freunde gefunden, die ihn und der Tag kam, mit dem großen Herrn zusammenbrachten. Was er den Leuten bis dahin verschwieg, war das er eigentlich aus der Zukunft kam. Das sollte ihm aber noch zu Gute kommen. Vor ihm stand also eine große dürre Gestalt mit Vollbart. Otto kniete nieder und senkte den Kopf, wie jemand der vor seinen König nieder kniete, und wartet auf das was da jetzt kommen würde. Otto wusste durch die Bibel, dass das Ende dieser Ära nicht mehr weit war. Schließlich musste er in seiner Kindheit die Bibel einmal studieren. Jesus legte seine Hände auf sein Haupt, schloss die Augen und spürte dass Otto etwas Besonderes ist. Du kommst aus einer anderen Zeit? Fragte er ihn. Otto schaute in sein Gesicht. Zumindest versuchte er es, denn es war nicht so einfach, denn hinter ihm stand die Sonne im Zenit. Otto antwortet ihm. Ja, ich komme aus der Zukunft. Jesus half ihm hoch. dann gingen sie noch ein paar Meter und sprachen zusammen. Deine Zeit ist bald abgelaufen. Versuchte Otto ihm zu verstehen zu geben. So mein Vater es will! Entgegnete Jesus ihm. Ich könnte deine Geschichte zum Guten ändern, wenn du es willst? Jesus schüttelte den Kopf. Nein meine Geschichte ist vorbestimmt. An der wird kein Mensch etwas ändern.

Auch du nicht!

Etwas später.

Der Tag kam. Jesus ging. Ging dahin, er gehen muss. Und Otto, nun. Er hatte versucht das unmögliche möglich zu machen, es war nicht sein Wille. Otto wurde in der darauf folgenden Nacht von einem Traum verfolgt, aus dem er schweiß gebadet hochschreckte. Es ließ ihm keine Ruhe mehr. Vielleicht war es auch des Herren Wille der geschah. Kurze Zeit darauf.

Er rappelte sich auf. Zieht sich an und zündete sich eine Fackel an. Otto hatte durch diesen Traum ein starkes Gefühl, das er sich bei seiner Maschine sehen lassen sollte, ob sie noch funktionierte. Er brauchte nicht lange und erreichte sie. Otto schaltete die Maschine ein. Doch rührte sich nichts. Es durchfuhr ihm wie ein Blitz. Er kontrollierte die Batterien. Doch die sind OK. Keine der Lampen fing an zu leuchten. Da es langsam Nacht wurde konnte er zunächst nicht sehen woran es liegen sollte. Er deckte die Maschine wieder zu und verließ sie. Otto hatte jetzt keinen Plan mehr. War er jetzt in dieser Zeit gefangen? Er fragte sich. Sind wir nicht alle in unserer Zeit gefangen? Otto, so hart er auch war. Aber gerade jetzt stiegen ein paar Tränen in ihm hoch. Diese Zeit gefällt mir - aber ein wenig Heimweh hatte er schon. Im Wandel der Gefühle musste er seinen Kopf schütteln. Er setzte sich an einen Baum und wischte sich noch ein paar Tränen aus den Augen. Als er dann ein paar Fackeln heran nahen sah, versteckte er sich und wartete ab. Ließ die Gestalten zunächst an sich vorbei ziehen. Im letzten Augenblick fiel es ihm wie Schuppen von den Augen. Sagte Jesus nicht so etwas und außerdem. Er stockte. Rann den Gestalten hinterher und machte sich bemerkbar. Die Horde stoppte. Der Letzte drehte sich um und zückte sein Schwert. Bitte wartet auf mich! Rief Otto ihnen zu. Der Ritter mit dem roten Kreuz auf der Brust fragte ihn. Was wollt ihr Fremder? Otto erzählte ihm alles. Auch das er gut Freund war mit Jesus. Was dem Ritter freundlich stimmte. Dieser meinte, das sie sich jetzt auf dem Weg machten, Richtung Europa, In ein Land das da Toskana heißt. Es riss ihm die Augen auf. So etwas hatte Jesus, in einem seiner Gespräche ihm auch mitgeteilt.

Ich würde gern mitkommen aber ich musste leider irgendwie zurück in meine Zeit. Eine Frau richtete ihr Wort an Otto. Fremder! Jesus hat von dir gesprochen. Unser Herr wird mit dir sein, wenn du in deine Zeit zurückkehrst. Nur noch eins worum ich dich bitte. Ich hatte einen Traum. Ich habe einen großen Krieg gesehen der Millionen Menschen das Leben kostete. Dieser Krieg ging nur von einen Mann aus, der die Weltherrschaft haben wollte. Du Fremder kannst mir diesen Traum nicht deuten? Deuten. Deuten? Otto überlegte kurz. Schaute zu der Frau auf. Deuten, nein, aber ich weiß wovon ihr redet. Dieser Krieg herrschte in meiner Zeit. Dann gebe ich dir den Auftrag in deine Zeit zurückzukehren und dich mit diesen Mann zu treffen um ihm dazu zu bringen, diesen Krieg zu beenden. Und noch etwas. Ich habe immer noch eine Zahl vor Augen, weiß aber nicht was sie bedeutet. Otto fragte nach diese Zahl. Sie antwortete 1945 und ich sehe eine rote Fahne und eine Blume auf blühen. Otto rätselte 1945, tote Fahne, Blume? Sollte das etwa das Ende des großen Krieges bedeuten? Otto war objektiv. In den wenigen Worten lag alles, was er wissen musste. Er musste es jetzt nur richtig umsetzen. Otto antwortete ihr. Nun, ich kann noch nicht wissen wie alles wird. Aber so will ich tun. Sagte Otto kopfnickend. Seine Weggefährten verabschiedeten sich. Nur da blieb ein Problem. Es wurde langsam hell. Bevor die Fackel erlischt, wollte er es zurückschaffen. Zur Zeitmaschine.

Er wusste jetzt nicht, was er jetzt tun sollte, da sein erster Versuch misslungen war. Otto setzte sich bei der Maschine hin und schlief ein.

Ein paar Stunden später.

Otto schreckte hoch. Wusste nicht was los ist und wischte sich den Schweiß aus seinem Gesicht. Die Sonne stand hoch. Otto machte sich an die Arbeit den Fehler zu finden. Er brauchte etwas, fand dann aber ein loses Kabel das, da nicht hingehörte. Mit ein paar Handgriffen hatte er alles repariert. Er prüfte noch kurz die Batterien, dann startete er. Doch was Otto nicht ahnte ist, dass die Leistungsgeometrie der Batterien sich geändert hatte, durch das lange Stehen. Was nicht heißt, das sich die Zeit ändert, aber….

Mitten im Krieg.

Als Otto merkte, dass die Maschine zur Ruhe kam, öffnete er wieder die Augen. Er schaute sich um und dachte, dass er wieder in Schottland gelandet war, im Jahr 1941. Otto stieg aus und sah an sich ein paar deutsche Militärfahrzeuge vorbei rattern, welche von ihm aber keine Notiz nahmen. Ihm überkam ein gutes Gefühl. Noch hatte er einen Auftrag zu erfüllen. Nachdem er sein Gefährt versteckt hatte, ging er auf Erkundungstour. Denn das nächste Dorf war nicht weit. Unterwegs sah er ein Schild mit einem Wappen darauf. Otto blieb kurz stehen und las Willkommen in Thüringen! Ein Lächeln huschte über sein Gesicht. Angekommen in einem Ort steuerte er die nächste Kneipe an. Öffnete die Tür und trat herein. Er bestellte sich ein Bier, schaute sich um und sah einen Zeitungsstock hängen. Otto nahm sich diesen. Sein Blick fiel sofort auf das Datum der Ausgabe. Es war der 19. März 1942. Er rechnete nach. Und richtig. Vor einem guten Jahr ist er in die Zeitmaschine eingestiegen. Er nimmt einen kräftigen Hieb aus dem Bierglas. Als die Kellnerin vorbei geht fragte Otto sie. Ist das die Zeitung von heute? Sie nimmt kurz die Zigarette aus dem Mundwinkel und entgegnet ihm.

Nein, von gestern. Und ließ Otto dann aber kalt stehen. Otto fragte nach einem Zimmer für die Nacht. Die Kellnerin die ihm keines Blickes würdigte, knallte ihm einen Schlüssel auf den Tresen. Macht 8 Reichs-Mark! Kannst du bezahlen? Otto nickte. Na dann 8,75 mit Bier. Otto haute ebenfalls ihr das Geld auf den Tresen und wollte nach dem Schlüssel greifen, doch die Kellnerin war schneller. He, da oben ist Rauchverbot! OK? Otto schaute sie an. Komisch hier unten war Rauchen erlaubt. Dann schnappte er ihr den Schlüssel und ging in den Flur. Die Kellnerin schrie noch hinterher. He, 2.Etage, 3.Tür, links! Und morgen um eins must du raus sein, verstanden? Otto schüttelte entrüstet den Kopf. Er wollte jetzt nur noch eins. Schlafen. Gesagt, getan.

Am nächsten Tag.

Nach einer frühen Stärkung und einen weiteren Bier fuhr Otto mit einen Bus Richtung Berlin, denn er hatte immer noch einen Auftrag. Hoffentlich, so dachte er, dass er dort seinen "Mann" trifft. Es dauert etwas, Berlin ist groß. Doch er fand das Gebäude in dem sich der große Führer aufhielt. Da das Gebäude von viel Militär abgeschottet wurde, war es für ihm nicht so einfach, an seinen Boss heran zu kommen. Otto versuchte mehre Male am Posten vorbei zu kommen, doch es war nichts zu machen. Es ist ein großes Gebäude das begrenzt wurde, durch ein hohes Stahlgitter rings herum. Da unerkannt rein zukommen war unmöglich! Otto lief wie angestochen umher. Nochmals sprach er den Wachposten an. Doch der wiegelte ihn ab. Der Führer hatte für so kleine Leute keine Zeit, bereitete seine große Schlacht vor. Dann fiel sein Blick in eines der oberen Fenster. Otto nahm all seinen Mut zusammen und versuchte sich bemerkbar zu machen. Hitler steht am Fenster! Der Wachposten drängte Otto zurück auf die Straße. Als er wieder dort hinschaute, war das Fenster plötzlich leer. Entmutigt ging er die Straße endlang. Otto suchte mach einen Plan. Kurz darauf hörte er ein paar schnelle Schritte hinter sich. He! Sie! Bleiben sie stehen! Otto hielt inne. Blieb stehen und drehte sich um. Der Wachmann bat Otto, ihm zu folgen. Der Führer empfängt sie jetzt. Ich hoffe nur für sie, dass sie ein gutes Argument haben, sonst landen sie heute noch in Moabit. Otto setzte ein fragendes Gesicht auf. Was oder wer war Moabit? Mensch das ist der Knast hier in Berlin. Otto wurde herein gelassen. Es öffnete sich eine große schwere Tür quietschend. Er blickte jetzt in eine gewaltige Halle. Der Wachposten bat Otto hier zu warten. Otto nickte, setzte sich auf einen der ersten goldverzierten Stühle und wartet. Kurz darauf hörte er wie ein Stiefelklappern die große Treppe herunter kam. Otto stand auf und hatte ein wenig Angst, denn er hatte seinen Führer noch nie gegenüber gestanden. Er wusste auch nicht, wie er seinen Boss alles erklären sollte. Sein Puls erhöhte sich als er die etwas kleine Gestalt mit Hitlerbart kommen sah. Heil auch! Otto hob seinen Arm in alter Manier und grüßte seinen Führer. Dann endlich stand der Führer ihm gegenüber. Doch der Führer bat Otto sich wieder zu setzen. Adolf setzte sich auch. Otto versuchte jetzt den richtigen Ton und einen Anfang zu finden. Was ist nun Soldat? Also, mein Führer es gibt da etwas was ich ihnen mitteilen muss. Dies ist von äußerster Wichtigkeit. Adolf ließ etwas zu trinken kommen. Otto nahm einen Schluck. Dann erzählte er los. Mein Führer es ist so. Ich habe vor kurzem eine Entdeckung gemacht und dabei habe ich erfahren, dass

1945 die Rote Armee in Berlin stehen wird und den 2.Weltkrieg ein Ende machen wird. Was die Blume in diesem Spiel zu sagen hatte, das weiß ich jetzt noch nicht. Der Führer richtete sich auf und lachte laut los. Ha, ha, ha, ich glaub's nicht. Auch Otto richtete sich auf und schaute gezielt in die Augen seines Führers.

Herr Hitler! Ich bitte sie, brechen sie den Krieg jetzt ab, oder sie werden in spätestens 3 Jahren hingerichtet, für all die Toten. Und die Russen werden mit ihnen nicht fein umgehen. Adolf aber entgegnete mir. Wir auch nicht! Ich bat ihn noch einmal. Brechen sie jetzt ab. BITTE! Hitler drehte sich auf seinen Absatz um. Die Arme auf dem Rücken verschränkt lief der Führer die Halle endlang. Er überlegt, drehte sich abermals um und kam mit zügigen Schritten auf Otto zu. Wer sind sie überhaupt? Ein Spion? Oder? NEIN! Ich bin Otto Bickel. 26 Jahre alt. Bin Bomber. Ich bin Militärflieger und hatte den Befehl über Schottland Bomben abzuwerfen und dann wird sein Reden langsamer. Bis ich ….Otto drehte dem Führer den Rücken zu. Wie sage ich es ihm das mit der Zeitmaschine? Otto drehte sich wieder um. Bitte, glauben sie mir. Wenn ich ihnen sage, dass wir in Gefahr sind und 1945 alles vorbei ist. Otto fiel dabei vor den Führer auf die Knie. Hitler schaute von oben auf seinen Soldaten herab. Was würde Otto jetzt dafür geben, wenn er wüsste, was sein Boss so denkt. Es könnte auch sein Ende bedeuten. Auftrag nicht erfühlt. Knast. ENDE!

Noch war sich Otto nicht bewusst, dass er dabei war die gesamte Geschichte zu verändern. Dann versuchte Otto es im Ruhigen. Wenn sich ihr Plan nicht ändern lässt, dann warten sie noch ein paar Jahre bis sie Russland angreifen und ich bin der Meinung sie sollten den Winter meiden. Otto verstummt. Beide schauen sich an. Sehr lang schweigend an. Herr Bickel sie müssen mir Zeit geben. Ich muss mich beraten mehr kann ich jetzt nicht sagen. Haben sie eine Bleibe? Nein. Adolf schrieb ihm eine Adresse auf ein Kärtchen und verabschiedete sich mit den Worten. Warten sie dort auf eine Antwort von mir. Mehr kann ich momentan nicht für sie tun. Dann entfernte sich der Führer, so wie er gekommen war. Otto stand auf, griff sich das Kärtchen und ging nach draußen. Ihm empfing ein Sonnenstrahl und sein Blick fiel auf eine Sonnenblume, die ihn anlächelt. Otto wurde warm ums Herz. Jetzt wusste er warum die Blume im Traum. Er ging die große steinerne Treppe hinunter mit guten Gefühl. Als er am Posten anlangt schaute er diesen an. He, lebst du noch? Otto zu ihm. Na, klar! Und wir sehen uns sicher bald wieder. Könnten sie mir sagen, wie ich da hin komme? Otto zeigte ihm die Karte. Der Post rief Otto ein Taxi. Dann stieg er ein und fuhr davon. Otto wartete wie versprochen.

Befehl ist Befehl und das vom Führer persönlich. Nun da musste man warten. Otto wartete nun schon zwei Wochen und nichts passierte. Ihm ging langsam das Geld aus und auch die Geduld. Otto stand am Fenster seiner bescheidenen Behausung. Eine Tasse Kaffee haltend schaute er auf das Treiben auf der Straße. Seid ein paar Tagen schon hatte er ein komisches Gefühl in der Magengegend. Er spürte, dass etwas nicht stimmte. Warum meldete sich der Führer nicht? Auch in den Nachrichten gab es nichts Neues, zumindest nichts Weltbewegendes. Die deutschen Truppen standen immer noch an der Oder und warteten auf den Befehl aus Berlin. Was war da los? Otto hielt das nicht mehr aus. Seine Nerven spielten verrückt. Er war fast dabei, die Tasse in seiner Hand zu zerdrücken. Auch fragte er sich, ob der Zeitmaschine nichts passiert war. Noch ahnte Otto nicht, warum er solange warten musste. Ja, dachte Otto. Wenn sich bis morgen Mittag nichts geändert hatte, muss ich handeln denn es brennt ihm unter den Nägeln. Ich habe Angst, dass mein Auftrag sich im Sand verlaufen könnte, oder dass jemand die Maschine fand. Otto zog sich an und ging etwas spazieren, um sich zu beruhigen.

Am späten Nachmittag.

Otto bog um Ecke. Vor seinen Hauseingang stand ein Auto, ein Cabrio. Mercedes oder so etwas. Otto runzelte die Stirn. Sein Schritt wurde schneller. Ja er fing an zu rennen. Am Tor angekommen fragte er was los sei. Einer vom Militär aber wollte von Otto wissen, wer er ist. Otto weist sich aus. Darauf sprang die Autotür auf und er wurde gebeten einzusteigen und man fuhr Richtung des Gebäudes, wo er vor einiger Zeit auf den Führer traf. Der Wagen hielt kurz am Eingangsposten. Otto konnte es sich nicht verkneifen und sprach einen der Posten an. Na, wie ich gesagt habe. Wir sehen uns wieder. Aber dieser verzieht keine Miene. Otto bekam darauf ein mulmiges Gefühl in der Magengegend. Der Wagen fuhr einen Halbkreis und bremst. Dann wurde Otto gebeten auszusteigen und in der Vorhalle platz zu nehmen. Otto zuckte zusammen. Herr Bickel! JA! Bitte einzutreten! Otto folgte der Anweisung wie er es so vom Militär nicht anders gewohnt war. Im großen Saal stand ein großer ovaler hölzerner Tisch. An der Stirnseite sitzend sah er den Führer und beidseitig stehend einige hohe Generäle. Einer dieser zog einen Stuhl unter den Tisch hervor und bittet Otto an dort Platz zu nehmen.

Es wird ruhig im Saal. Otto spürte, dass viele Augen auf ihn blicken. Otto wurde unruhig. Er fängt sogar an zu zittern. Schweiß läuft von seiner Stirn. Warum sagen die nichts? War das mein Ende? Dann endlich stand einer auf. Es war Adolf, sein Führer! Die Arme hinter seinen Rücken verschränkt kam er in seine Richtung. Otto hörte seinen Atem. Otto schloss seine Augen. Er konnte förmlich hören, wie ein Schweißtropfen auf dem Tisch aufschlägt und zerspringt. Hitler drehte sich auf dem Absatz um und ging einige Male hin und her. Otto dachte, warum quält er mich so? Sein Denken wurde von einer Frage unterbrochen. Er glaubte nicht richtig gehört zu haben. Nochmals wurde die Frage laut und bestimmt wiederholt. Woher wissen sie vom Ende des Krieges, Soldat? Otto schloss wiederum seine Augen und antwortete. Weil ich davon geträumt habe. Das ist eine Lüge! Schallt es hinter ihm. Otto traute sich nicht, sich zu rühren und zu regen. Der Schritt der Stiefel hinter ihm wurde schneller. Mit einmal schlug die Faust des Führers neben ihm auf dem Tisch ein. Otto zuckte wieder in sich zusammen. Er war nur noch ein Häufchen Elend. Sie sollten eigentlich in Schottland sein. Fragen hagelten jetzt über seinen Kopf herrunter. Der Mund des Führers war neben seinem linken Ohr. Was machen sie dann in Thüringen? Wieder klatschte ein Schweißtropfen auf den Tisch. Was haben sie dort versteckt? Otto riß seinen Kopf hoch. Beide, Otto-

und sein Boss, der Führer sind sich jetzt sehr nahe. Auge in Auge schauten sie sich an. Ruhe vor den Sturm trat ein. Ein gewaltiger Augenblick den sich da beide lieferten. Sagen sie endlich die Wahrheit, oder ich sorge dafür, dass sie niemals wieder etwas zu sagen haben! Das können sie mir glauben, Soldat! So wahr ich der Führer bin. Hitler erhob sich und blieb aber hinter seinen Soldaten stehen. Er wartete auf eine Antwort. Dann fauchte es aus seinen Mund. Soldat! Wird's bald! Otto fühlte sich eingeschüchtert und dachte - was soll es, da kommst du sowieso nicht mehr raus. Er erzählte nun klein- laut was passiert war. Nun, mein Führer, ja es stimmt normalerweise müsste ich mit meiner Staffel in England sein, oder so. Oder so…wurde er unterbrochen. Ja, nur ich wurde dort über Schottland, das glaube ich zumindest, abgeschossen. Habe dann in einer alten Burgruine Schutz vor der Nacht gesucht. Noch am selben Abend fand ich dann in einem der noch erhaltenden Nebenräume.... Otto stockte...... sollte er wirklich...... Er überlegte kurz.......Nun äh, eine Maschine, mit der man in die Vergangenheit und in die Gegenwahrt reisen kann. Lautes Gelächter der Generäle folgte. Alle reden durcheinander. Der Führer sagte; RUHE! Stille kehrte ein. Otto sah seine bösen Blicke und redete lieber weiter. Ich dachte wenn mein Bomber hinüber ist, vielleicht bringt mich dieses Gefährt wieder zum Stützpunkt zurück. Aber als ich mich versah, war ich auch schon in einer anderen Zeit gelandet. WO? Kam es aus des Führers Mund. Und, muss ihnen alles aus der Nase ziehen? Mann erzählen sie schon weiter! Otto redete weiter. Ich bin dann in der Zeit Jesus gelandet. War da über ein Jahr. Wieder gab es Gelächter. Maria Magdalena hat mir ihren Traum mitgeteilt bevor sie Richtung Europa emigrierte. Sie sehen mein Führer, ich habe nicht gelogen, wenn man es aus einen bestimmten Blickwinkel sieht. Sie hatte im Traum die Zahl 1945, eine rote Fahne und eine Blume gesehen. Dann bin ich zurück gerreißt. Seine Stimme fiel ab und wird leiser. Und in Thüringen bin ich gelandet. Otto hob seinen Kopf. Sich den Schweiß von der Stirn wischend und schaute zu Hitler hinüber. Jetzt war ihm leichter, auch wenn er damit sein letztes Geheimnis preisgegeben hatte. Alles oder nichts. Hitler musste jetzt endscheiden, was jetzt wird. War das alles? Otto nickte. JA, mein Führer!

Hitler ließ seinen Soldaten im Ungewissen was er dachte oder was er schon wusste. Hitler verließ im schnellen Schritt für einen kurzen Moment den Raum. Otto's Kopf fiel deutlich hörbar auf den Tisch. Jetzt war alles aus. Dachte er. Meine Lebensgeschichte ist geschrieben! Minuten vergingen. Nichts passierte. Otto spürt, dass seine Sachen schweißgetränkt waren. Otto bekam nicht mit, wie sich die Tür zum Raum wieder öffnete. Erst als die Tür ins Schloss fiel, richtete er sich wieder auf. Soldat! Aufstehen! Otto tat wie ihm befohlen. Soldat! Sie gehen per Befehl wieder an die Front nach Frankreich! Hören sie! Heute noch! Und lassen sie sich nicht einfallen etwas Dummes zu tun. Verstanden! Otto wurde abgeholt. An der Tür drehte er sich noch mal um. War noch eine Frage erlaubt? Aber er hört nur ein barsches: RAUSSSS! Otto nahm neben anderen Soldaten auf einen LKW Richtung Südwesten platz. Es wurde dunkel. Otto's Augen wurden müde. Das Geschaukel des LKW machte ihn schläfrig.

Er fiel in eine Art Traum. In seinen Traum wiederholte sich alles, was er in den letzten Stunden erlebt hatte. Kalter Schweiß rieselte seinen Rücken herunter. Auch eine Frage kam in ihm auf. Wer hat dafür gesorgt, dass ich nicht in Moabit gelandet war, oder noch viel schlimmer. Irgendwer will noch nicht, dass ich ins Grass beiße, oder diese Welt verlasse. Noch immer habe ich einen Auftrag. Es verstummte in ihm. Otto's Kopf nickte nach hinten weg und er schlief ein.

Ein paar Stunden später.

Irgendwer von den Soldaten musste die Plane vom LKW hoch gemacht haben. Die ersten Sonnenstrahlen erwärmten Otto's Gesicht. Langsam öffnete er die Augen und wusste im ersten Moment gar nicht wo er ist. Sein Hinterteil tat ihm weh und das Kreuz schmerzte. Er versuchte eine andere Sitzposition einzunehmen. Was ihm kaum gelang.

Einige Zeit später.

Endlich hielt der LKW und die Soldaten dürften absteigen. Der Fahrer gab einen Plan an. Dort in der Kneipe werdet ihr Essen fassen! Und in einer Stunde geht es weiter. Verstanden! Alle gingen geschlossen in die Kneipe und fassten ihr vorgesetztes Essen.

Wieder, wie es der Zufall es will, waren sie in Thüringen gelandet.

Otto war fertig. Ging auf's Klo. Es drückte ihm mächtig. Dabei kam ihm ein Gedanke. Was wäre wenn ich mich dünne mache? Was sollte mir denn jetzt noch passieren? Er schaute hinter sich. Das Fenster war groß genug, da passte er durch! Otto überlegte nicht lange. Nur so viel zu dem Thema…, dass er gar nicht weit weg ist von der Zeitmaschine war. Ein wenig Sehnsucht hatte er. Otto setzte seinen neuen Plan in die Tat um. Er stieg auf den Sims und öffnete das Fenster. Mit einem Mal wurde es laut auf den Flur. Der Fahrer rief. Fertigwerden! Es geht in fünf Minuten weiter! Otto hielt inne. Dann stieg er aus dem Fenster ins Freie. Er musste springen. Auf der Wiese angekommen, rannte er hirnlos in den nächst gelegenen Wald und versteckte sich. Von weitem sieht er mit an, wie seine Mitfahrer in Reih und Glied antreten müssen. Sie werden durchgezählt und klar ist, Otto fehlt. Er rang mit sich selbst. Doch sein innerer Schweinehund hielt ihn zurück. Großes Gewese gab es am LKW als klar war, dass einer fehlte. Otto wurde gesucht, doch blieb unentdeckt. Alle müssen aufsitze und der LKW startete und fuhr los. Otto schaute noch hinterher.

Ein wenig später.

Otto machte sich auf den Weg und fuhr per Anhalter in die Region wo die Zeitmaschine verblieben war. Er bedankte sich, saß ab und ging die wenigen Meter noch zu Fuß weiter. Von weitem schaute er schon auf den Platz, wo er die Maschine versteckt hatte. Versteckt, ja aber, aber,… äh. Otto hatte sich verrechnet. Ohnmacht machte sich breit. Er schlug die Hände vors Gesicht. Im niedergetretenen Grass waren noch die Abdrücke der Zeitmaschine zu sehen. Doch die Zeitmaschine war und blieb verschwunden. Was war los? Dachte sich Otto. Ein neuer Plan musste her. Was tun? Kurze Zeit später fuhren zwei Frauen mit ihren Fahrrädern an ihm vorbei. Otto drehte sich um und fragte ob sie etwas gesehen hätten. Doch kopfschüttelnd fahren diese weiter. Otto musste sich setzen. Was tun? Verdammt-, was tun? Er sah keine andere Lösung als wieder zur Truppe zu stoßen. So musste er sich fürs erste geschlagen geben. Er lief los bis zum nächsten Bahnhof. Den nächsten Zug nahm er Richtung Südwesten. Zögerlich lief die Dampflock an. Der Zug setzte sich in Gang.

Etwas später öffnete Otto das Fenster. Gedankenlos ließ er die Zeit an sich vorbei ziehen, als er auf der Straße einen LKW erblickte. Dieser hatte etwas geladen. Was, das konnte Otto nicht genau sehen, bis die Plane vom Wind etwas angehoben wurde. Er schaute einmal, zweimal. Der Zug war am LKW vorbei. War das nicht etwa? Nervig versuchte er den Zug anzuhalten oder diesem irgendwie zu endspringen. Doch der Zug war zu schnell. Ich muss hier raus. Dachte er sich. Er zog die Notbremse. Der Zug bremste abrupt ab. Brauchte aber noch eine Weile, bis er endlich stand. In dieser Zeit verlor er den LKW aus den Augen. Wieder schaute er aus dem Fenster. Scheiße! Wo war der LKW? Er riss die Türen auf rannte auf die Straße. Es war ruhig. Kein Motorengeräusch war zu hören. Der LKW musste irgendwo abgebogen sein. Kurzer Hand sprang er wieder auf den anfahrenden Zug auf. Otto kam zur Ruhe. Hatte Hitler eventuell etwas damit zu tun? Viele Gedanken gingen ihm durch den Kopf. Vielleicht ist ja mein Weg vorbestimmt und ich sollte der Sache nicht ins Handwerk pfuschen? Dachte sich Otto. Und so ließ er es geschehen, wie es geschehen musste. Der Krieg nahm seinen Lauf. Hitler hatte alle Bedenken in den Wind geschlagen.

1945 und der Krieg sollte so enden, wie wir alle schon wissen. Otto, aber setzte sich ab, als er am Ziel ankam. Sein Herz war zerbrochen. Zerbrochen, weil er seinen Auftrag nicht zu Ende bringen konnte. Man könnte auch sagen, dass der Zug nie endete, denn noch immer hörte er den endlosen Zug rattern. Hier gelandet, am Ende, hier in der Toskana.

DAS ENDE...........25.05.2013

IST ES SCHON ZU ENDE.........

NEIN, ES GEHT WEITER.........

ABER DAS IST EINE ANDERE

      GESCHICHTE......................

3 Band

Verschollen in Deutschland

Es ist schon etwas unglücklich, was bis hierher geschah. Doch so ist nun mal das Leben. Ein Leben so wie es jeden Tag geschehen kann und das in Thüringen.

Diese Geschichte dreht sich um einen Markus und eine Zeitmaschine. Markus ist raus aus den gröbsten, hat eine eigene Wohnung, Auto, Freundin, Job. Eigentlich ein ganz normaler junger Mann. Durchschnittlich und nichts Besonderes. Er geht seinen Weg, baut keinen Scheiß, etwas eintönig dieses Leben. Aber das soll sich bald ändern. Markus, seine Verwandten und Freunde haben die Wende gut überstanden und sind in den Glauben das jetzt wirklich alles gut wird. Doch hat er auch Gutes gelassen in der alten Zeit. Denn schon sind einige Einschnitte im Leben zu erkennen. Vor allen Arbeitslosigkeit, ein Wort das man hier bis dato nicht kannte. Auch Markus erwischte es. Er bekam die Papiere. Sein Chef bat ihm aber noch den letzten Auftrag zu erfüllen. Markus, du fährst morgen raus zum alten Bergwerk. Man erwartet dich dort um 7:30 Uhr. Du must da ein paar Lampen verlegen. Pack bitte heute Abend alles in den Transporter, was du so brauchst, Kabel, Lampen, Birnen usw. Markus tat wie ihm gesagt wurde. Missmutig packte er die einzelnen Elemente in den Transporter, checkte die Dieselanzeige. Dann schloss er ab und fuhr heim. Zu Hause erzählte er alles seiner Freundin. Auch, das er die Kündigung bekommen hatte. So etwas wäre früher undenkbar gewesen. Markus flucht. Warum kann nicht alles so sein, wie es früher war. Ich glaub wir haben einen Fehler bemacht oder man hat uns über den Tisch gezogen. Der Kapitalismus fordert seinen Tribut. Seine Freundin versuchte ihn zu beruhigen.

Am nächsten Morgen. Früh. Markus geht seinen Weg, wie jeden Tag, wie gewohnt noch. Noch heute. Was morgen ist, daran verschwendet er noch keinen Gedanken. Vom Chef bekam er noch gesagt, dass er die Kündigung etwas nach hinten verschoben hätte, da Markus noch Urlaub zu bekommen hat. Markus nahm sich stumm die Schlüssel. Stieg ein, startete den Motor und fuhr los. Gedankenlos fährt Markus zur Baustelle. Ein anderes Fahrzeug stand bereits vor dem alten verlassenen Bergwerk. Als Markus dort ankommt, stieg ein älterer Typ aus und empfängt Markus freundlich. Sie redeten kurz auch darüber das diese Arbeit für Markus die letzte sei. Der alte Mann klopfte Markus auf die Schultern. Weißt du, sagte der Alte, du bist noch jung, du wirst schon wieder etwas anderes finden. Dann gingen sie zu dieser großen eisernen Tür und öffneten diese etwas mühevoll. Du, ich habe jetzt nicht viel Zeit. Fang schon mal an. Ich helfe dir noch kurz und komme dann so in einer Stunde wieder und schau nach dir. Sagte der Alte. Markus nickte Allein arbeiten war er ja gewohnt. Der Junge packte derweil alles aus. Suchte den Schaltschrank, wovon er die Kabel ziehen sollte. Etwas mulmig war ihm. Denn im Inneren war es ziemlich dunkel und muffig. Er ging zurück zum Transporter um eine Lampe zu holen. Äh,… warum wollten die jetzt Licht darin haben? Fragt Markus den Alten, der gerade losfahren will. Der ältere Herr erzählt, dass man darin Teile des Bernsteinzimmers vermutete.

Fuhr dann aber los und lässt den Jungen im Staub seines Wagens stehen. Markus blieb allein zurück und ließ keine Zeit verstreichen und fängt an zu arbeiten. Mit einen Blick auf die Uhr stellte Markus fest, dass er es heute eigentlich schaffen müsste. Er machte sich daran das Kabel zu ziehen. Geht dabei bis ins Innere des Bergwerks.

Dunkel wird es.

Gut, das die alten Harken vom alten Kabel noch hängen. So musste er nur noch das neue Kabel einhängen und Abzweigungen schaffen. Doch mit einmal fiel seine Akkulampe aus. Markus stand im Dunkeln. Er schaute hinter sich und sah nur noch einen kleinen Lichtkegel vom Eingang. Als etwas zu Boden fiel, zuckte der Junge heftig zusammen und die Haare standen ihm zu Berge. Hoffentlich passierte jetzt nichts. Markus war ein wenig ängstlich. Er klopfte und schüttelte seine Lampe. Er hatte Glück, denn kurz darauf leuchtete sie wieder. In diesen Moment strahlte er eine Holztür an. Er ging näher heran und leuchtete durch die Spalten der Tür. Dann sah er hindurch, dass in dem kleinen Raum irgendetwas, wie ein Fahrzeug dort stand. Es packte ihn, er würde gern wissen, was das ist? Markus sah kein Schloss an der Tür. Komisch. Denkt er und die Tür war nicht verschlossen. Mit einem kräftigen Druck öffnete er diese knarrend. Er beleuchtet die Maschine, berührte diese und spürte, dass das Metall verrostet war. Markus suchte die Maschine nach etwas Brauchbaren ab. Er kam in die Nähe der Batterien, welche aber ohne Kennung waren. Nur das Jahr 1941 war noch darauf zu lesen. Er schaute zum Steuerpult und sah eine Menge Lämpchen die verstaubt waren. Etwas unterhalb davon, fand er ein Schild, MADE IN GERMANY - gebaut Mai 2013. Markus räusperte sich. Äh, wie kann das sein? Die Batterien sind von 1941 aber die Maschine ist von 2013? Er rechnet 1941..... wir haben jetzt Mai 1990 und bis 2013. Wieder schüttelte er den Kopf - wie war das möglich? Da Markus Elektriker ist, findet er schnell heraus, woran es liegt, das die Maschine nicht mehr startet. Ein paar Kabelanschlüsse waren so stark verrostet, dass sie keinen Strom mehr durchleiteten. Außerdem waren die Batterien garantiert tot. Irgendwie interessierte es ihn, was das ist, was er da gerade gefunden hatte. Der

Junge setzte sich in die Maschine und fing wieder an zu grübeln. 41-90-2013? Es fiel ihm wie Schuppen von den Augen. Wer weiß, vielleicht hatten damals Adolfs Ingenieure schon eine Zeitmaschine fertig und haben den Führer in eine andere Zeit geschafft vor Kriegsende. Das Markus mit seiner Behauptung fast richtig lag, bewies sich erst später. Da sich die Maschine aus eigener Kraft nicht mehr bewegte, musste er sich etwas einfallen lassen. Außerdem musste er schnell handeln, wenn er seinen Fund behalten wollte. Markus rannte zurück zum Transporter, riss die Seitentür auf. Batterie, Seile - alles da! Er sprang in den Transporter, startete diesen. Schaltet Licht ein und fährt geradewegs in den Stollen. Jetzt hängt er die Zeitmaschine per Seil an den Transporter. Schnell drückte er den Rückwärtsgang rein und gab Stoff. Der Motor heulte auf und die Maschine bewegte sich. Markus musste aufpassen, dass er mittig im Tunnel blieb und nirgends aneckte. Als er endlich draußen war beschaute er, was er sich da geangelt hatte. Markus fachsimpelte etwas und setzte sich in die Maschine. 4 Reifen sind dran, aber nur ein Sitz und kein Lenkrad. Markus wischte den Dreck und

Staub von der Instrumententafel. Es war noch alles klar zu erkennen. Eine rote LED für heute, eine grüne LED für gestern. Komisch dachte er. Markus stieg aus, holte den Werkzeugkasten und baute die alten Batterien aus und die mitgebrachten wieder ein. Dann machte er die alten Kabelverbindungen wieder fit. Als er das letzte Kabel festzog, ist deutlich zu hören, wie wieder Leben in die Maschine einhaucht wird. Die Relais klickten und der Motor summte kurz auf. Es kitzelte in seinen Fingern auszuprobieren, worin er saß und was man vor über 50 Jahren schon gebaut hatte. Sein Finger geleitete über den Startknopf. Dann schließlich drückte er ihn. Die Maschine schüttelt sich. Markus schloss seine Augen, dann geht alles sehr schnell.

Einen Augenblick später.

Die Maschine kam zur Ruhe. Markus öffnete seine Augen wieder. Er schaute sich um, konnte es nicht fassen. Noch immer stand er dort, wo er vorher war. Vor dem Bergwerk. Er drehte sich nach allen Seiten um. He, was war los? Markus verstand die Welt nicht mehr. Er stieg aus und bemerkt, dass der Firmenwagen nicht mehr da war. WAS? Nein nicht einmal Spuren waren zu sehen. Am Tor hing ein großes stählernes Eisenschloss. Markus hatte kein Werkzeug mit und konnte das Schloss nicht öffnen. Er erinnerte sich aber, dass da ursprünglich ein anderes Schloss hing. Ein kleineres. Wo bin ich? Geistesgegenwärtig sprach er zur Maschine. WAS BIST DU? Er schlug mit dem Arbeitsschuh auf den Motor, was ein Fehler war. Funken sprühten, Qualm kam aus dem Motorraum. Puff. Der Motor fing Feuer. Markus machte einen schnellen Satz zurück. Dann gab es einen heftigen Knall und die Zeitmaschine stand in Flammen. Markus hatte es vergeigt. Scheiße! Was jetzt, denkt sich der Junge. Er wartete noch ein wenig, bis das Feuer wieder erlosch. Markus schaute düster drein. Seine Kraft reichte gerade aus, um die Maschine etwas Abseits zu verstecken. Er musste sich jetzt zu Fuß auf den Weg machen. Zurück in die Zivilisation.

Unterdessen in der Zukunft.

Der verantwortliche ältere Typ fuhr den Weg zurück zum Bergwerk und ist guter Dinge, das der Junge seine Arbeit getan hat. Kurz darauf steht er vor der offenen Tür. Markus, Markus! Bist du hier? Doch es bleibt still. Er schaute sich um. Er sah das Werkzeug, Kabel und das ganze Zeug. Dann erblickt er die Spuren, die aus dem Bergwerk führten. Er drehte sich um, schaute zum Transporter, an dem immer noch das Abschleppseil hing. Auch er fragte sich. WAS IST HIER LOS? Wieder ruft er nach Markus. Markus, Markus! Bist du hier? Doch der meldet sich nicht. Der Mann wusste sich nicht weiter zu helfen. Er muss Markus Chef informieren. Was er darauf hin auch tat.

Wieder in der Vergangenheit.............

Markus versuchte einen guten Gedanken zu fassen, auf den Weg ins nächste Dorf. Als er ein ziemlich deutliches Rähm, Rähm, Rähm neben sich hörte. Er drehte sich um und sah wie ein Trabbi näher kam. Er versuchte den Wagen anzuhalten, was auch gelang. Der Fahrer öffnete die Beifahrertür. Markus stieg ein und wurde sofort vom Fahrer gemustert. Wo kommst du denn her? Markus erinnerte sich an das Nummernschild des Trabbis und fragt gegen. Welcher Tag ist heute und welsches Jahr? Der Fahrer lachte. Hast dich wohl in der Zeit verirrt, oder? Markus nickte auch noch. Nun wir haben heute den 21.Mai 1988. Erschrocken schaute er den Fahrer an. WAS? Der Fahrer bremste. Junge! Was ist mit dir? Du schaust so aus als hättest du einen Geist gesehen. Ja, habe ich! So Markus. Markus hielt inne. Der Fahrer griff hinter sich und gibt Markus eine Tageszeitung in die Hand und meinte: Die ist von gestern! Markus Blick fiel sofort auf das Datum dieser Ausgabe, während der Wagen weiter fuhr. Markus fragte noch einmal nach. Ist das wirklich die Ausgabe von gestern? Der Mann nickte und fragte. Junge wo willst Du denn hin? Markus blätterte in der Zeitung umher und fand einen Bericht von seiner Firma. Er überlegte nicht lange und tippte auf den Bericht. Da hin! Der Fahrer nickte und so fuhren beide dort hin. Viele Dinge gingen dem Jungen jetzt durch den Kopf. Was war jetzt möglich und was nicht? Auch das er jetzt das Beste aus dieser Geschichte machen musste.

Angekommen an der Firma verabschiedete er sich von dem Fahrer und schaute sich um. Das Markus im

Sozialismus gelandet war, ist ihm jetzt bewusst. Leider ist die Firmenhalle verschlossen. Auch sah diese noch veralteter aus und so machte er sich auf den Weg nach Hause. Unterwegs kam ihm aber der Gedanke. Was wäre, wenn ich meinem eigenen ICH begegnen würde? Ich muss vorsichtig sein. War er nun der Meinung. Markus wusste aus verschiedenen Filmen, dass das zu großen Problemen führen könnte. Kurz vor seinem Zuhause blieb er hinter einen Baum stehen und checkte die Lage. In diesen Moment blieb alles ruhig. Markus blieb an seiner Stelle. Er überlegte, was jetzt wohl zu tun wäre. Einige Sachen und Ideen gingen ihm jetzt durch den Kopf. Er überlegte. Ich brauche Geld. Meine Maschine. Dann plötzlich rührte sich etwas. Das Tor von seinem Zuhause öffnete sich.

Ein Wagen fuhr auf die Straße und bog nach rechts ab. Es war der Wagen seines Vaters. Markus checkte den Wagen. Er konnte sich an diese Situationen noch düster erinnern. Der Junge sah auch seine Mutter und hinten drin sich selbst. Sie hatten immer das Tor aufgelassen, wenn sie mal kurz wohin sind. Markus trat auf die Straße und schaut ihnen hinterher. In diesem Moment sah der Junge aus der Heckscheibe des Autos in Markus Augen. Wie ein Elektroschock durchfuhr es ihn in diesen Moment. Hoffentlich war das kein Fehler für mich. Geistesgegenwärtig lief er auf den Hof. Er kannte sich hier aus, wusste wo der Ersatzschlüssel lag. Er stürzte ins Haus und griff sich alles Nützliche was er dachte, dass er es noch gebrauchen könnte. Markus hatte sich unterdessen einen findigen Plan einfallen lassen. er musste nach Berlin. Er startete hastig sein Motorrad. Die Klamotten auf den Rücken geschnallt und den Helm auf. So verließ er den Hof. Markus fuhr auf seiner Maschine Richtung Norden, bis er am Abend in einer Gaststätte unter kommt und dort die Nacht verbringt.

Am nächsten Morgen.

Markus saß bereits wieder auf seiner Maschine gen Norden. Erst jetzt während des Fahrens gingen ihm nochmals alle Dinge, die er erlebt hatte durch den Kopf. Alle weiteren Dinge versuchte er akribisch im Kopf hintereinander ablaufen zu lassen. Auch wenn er wusste, das jetzt alle Macht in seiner Hand lag.

Wollte er jetzt, die bereits geschriebene Geschichte ändern? Vielleicht... Nur wie komme ich wieder zurück? Markus verwarf zunächst den letzten Gedanken 20 Kilometer vor Berlin.

Bemerkung:

Jetzt sind wir in dieser Geschichte am Punkt „of no return" Markus kann jetzt nicht mehr zurück! Der Schreiber muss an dieser Stelle etwas aufklären. Markus hat einen Plan, weswegen er nach Berlin fährt. So wie einst der Otto aus dem Band II. Doch haben wir hier eine völlig andere Geschichte. Markus, einer der gesehen hat, das es ihm in der vergangen Zeit besser ging, so wie anfangs in dieser Geschichte erzählt wird. Und er will das Unfassbare fassbar machen. Koste es was es wolle.

Unterdessen in der Zukunft.

Die Polizei suchte nach Markus. Doch er bleibt verschollen! Ein Trupp von Suchenden. Alle suchten auch das Gelände rings um das Bergwerk ab. Nichts! Zuletzt gingen sie in den Tunnel. Noch ahnten sie nichts. Nicht woher die Spuren kommen. Einige Minuten später öffnet einer vom Suchtrupp die Holztür. Doch sie finden nichts. Nicht ganz! Eine kleine Blech- Box. Verrostet, welsche von der Zeitmaschine wohl abgefallen sein musste. Durch den Zahn der Zeit, der daran schon genagt hatte. Die Box wurde aufgehoben und mitgenommen ins Freie. Als man sie öffnete sind die Leute vom Suchtrupp verblüfft. Sie finden einen Brief darin. geschrieben hatte den Brief Otto bevor er nach Berlin fuhr.

An die Menschen in der Zukunft!   THR.1943

Ich möchte euch mitteilen, dass es sich um eine Zeitmaschine handelt. Ich möchte euch bitten diese zu zerstören, denn es ist Teufelswerk. Menschen werden diese Maschine missbrauchen.

Otto Bickel

Der Polizist schaute seine Kollegin fragend an. Eine Zeitmaschine? Er ging zum Bergwerksleiter und fragte ihn. Hast du was gewusst? Doch der schüttelte nur den Kopf und schaute fragend zurück. Markus bleibt verschollen!

Wieder zurück in der Vergangenheit

Markus hält auf dem großen Parkplatz unweit des Regierungsgebäudes, des Roten Rathauses, an. Die Sonne steht hoch im Zenit. Markus überlegt was er tun sollte oder wie er es anstellen sollte um diesen sozialistischen Führern klar zu machen, das es nicht mehr lange dauern wird und dieser Staat wird am Ende sein.

Mit einem Mal durchfährt ihn ein Schreck, einige Schweißtropfen fallen hörbar auf den Tank seiner Maschine, die aber gleich wieder auf dem heißen Metall verdampfen. Er fingert sein Geldbeutel aus der Hosentasche. Und ja. Er vergaß, dass er erst vor zwei Jahren neue Papiere bekam (Ausweis, Führerschein). Er denkt das könnte zum Problem werden wenn ich da versuche rein zu spazieren. Wenn die mich überhaupt da rein lassen. Er schließt seine Maschine an und macht sich auf seinen Weg. Noch weiß er nicht wie er es anstellen soll. Doch Markus denkt, dass es schon irgendwie eine Möglichkeit geben wird. Nun steht er unweit vom Roten Rathaus und checkt die Lage. Nichts rührt sich. Er checkt die vielen Fenster des Gebäudes. Schwer bewaffnet stehen zwei Soldaten da und verziehen keine Miene. Kurze Zeit später rollen einige schwere Staatsschlitten heran. Inmitten dieser ein Wagen, in dem ein Mann sitzt den er aus dem TV kennt. Mit Hut und Brille, hager und ein spitzes Gesicht. Daneben ebenfalls ein alter Staatsmann sitzend mit Turban. Auch diesen kennt Markus von Bildern. Der Wagen wird rein gelassen und fährt einen Halbkreis und hält direkt vor dem Gebäude. Beide Staatsmänner steigen aus. Sie grüßen kurz und verschwinden dann hinter der großen stählernen Tür. Markus versucht einen Schritt nach vorne, doch geht er zurück.

Er grübelt. Was soll er jetzt nur tun? Er schaut zum Wachposten hinüber und schaut in das Gesicht des ersten Soldaten. Doch dieser behält seinen starren Blick. Wieder kommt ihm in den Sinn, dass seine Papiere zu dieser Zeit noch nicht gültig sind und dieses Problem in dieser Zeit falsch ausgelegt werden könnte. Soll er einfach die Wahrheit sagen, dass er aus der Zukunft kommt? Die Zeit die er vor dem Gebäude verbringt, ist weit voran geschritten. Markus muss sich etwas einfallen lassen den es wird langsam Abend. Der Junge reißt sich zusammen und geht zum Wachposten. Denn mehr als wegschicken kann auch dieser ihn nicht. Markus stellt sich vor, doch der Soldat verzieht auch weiterhin keine Miene. Dann bittet er inständig: BITTE HELFEN SIE MIR! Ich muss mit Herrn Honecker sprechen es geht um die Zukunft dieses Staates! Der Soldat senkt seinen Kopf und endlich würdigt er Markus eines Blickes. Ohne mit Markus ein Wort zu wechseln dreht er sich im Schritt um und verschwindet im Pförtnerhäuschen. Er nimmt den Hörer ans Ohr und telefoniert. Kurze Zeit später kommt dieser wieder raus und geht wieder in Position. Sein Blick ist geradeaus gerichtet. Mit starren Blick antwortet er barsch - Sie werden gebeten hier zu warten! Man holt sie hier ab!

Eine halbe Ewigkeit später dann.

Ein gut gedresster Mann öffnete die schwere Tür und kommt zielstrebig auf den Wachposten zu. Redet mit diesem dann wendet er sich dem Jungen zu. Guten Tag! Mein Name Ist Maschke und wie ist ihrer? Ich bin Markus kommt aus den jungen etwas stotternd heraus. Kannst du dich ausweisen? Ja! Markus bricht aber ab. Scheiße! Denkt er. Und was jetzt? Jetzt ist es zu spät! Jetzt muss er Farbe bekennen oder er landet im Knast. Bautzen Ende! Ich kann, aber da gibt es ein kleines Problem. Markus schaut dabei ängstlich in die Augen des Mannes. Und der Mann merkt, dass hier etwas nicht stimmt. Maschke nimmt den Jungen mit und geht mit ihm an die Seite. Vertrauensvoll wendet sich Maschke an ihn. Sag mal, was stimmt nicht mit dir? Maschke fest ihm an die Jacke. He, die Klamotten sind aber nicht von hier? Komm! Zeig mal deine Papiere! Fordert Maschke vom Jungen. Doch Markus fühlt sich eingeschüchtert, und will nicht so recht. Der Mann greift einfach in seine Tasche. Markus versucht ihm das Portemonnaies wieder zu endreißen. Doch Maschke ist schneller. Markus Herz fängt an zu rasen. Als Maschke die Ausweiskarte heraus fingert ruft Markus ruft NEIN! Das dürfen sie nicht! Doch es ist zu spät. Maschke liest, was auf der Ausweiskarte steht. Markus kann deutlich die Denkfalten auf seine Stirn sehen. Dann sucht Maschke weiter nach Beweisen und findet ein paar Scheine, die ihm völlig unbekannt sind. Als Maschke aber die

Zeichen auf den Geldscheinen liest, greift er den Jungen am Arm und zieht ihn ins Gebäude. Markus hatte nicht damit gerechnet, dass er so schnell in dieses Gebäude kommt. Markus ist von Sinnen und weiß gar nicht, wie ihm geschieht. Bevor er sich versieht, steht er allein in einem großen Flur. Maschke ist mit seinen Papieren in einer der großen Türen verschwunden. Markus wird ohnmächtig. Er verfällt in eine Art Traum, denn er hat sich wohl zu viel zugetraut. In diesem Traum schläft er unter einen Baum und wird dann wachgerüttelt von einen uniformierten Mann. Markus öffnet die Augen und sieht die Uniform, die aussieht wie aus dem 2. Weltkrieg. Hallo Junge! ich bin Otto! Markus erschreckt im Traum. Aber Otto versucht ihn zu beruhigen und setzt sich neben den Jungen. Markus fragt: Wer bist du? Denn er hat diesen Mann noch nie vorher gesehen. Ich bin der, der die Zeitmaschine nach Thüringen gebracht hat. Na, ja, bis sie mir geklaut wurde. Markus redet einfach los. Ja, jetzt habe ich aber ein Problem! Denn die Zeitmaschine ist abgebrannt und ich weiß nicht mehr zurück. Markus hätte gern noch mehr erfahren doch leider wird er unsanft aus seinem Traum gerissen. Jemand packt ihn bei der Schulter. Dann hört er ein barsches KOMMEN SIE MIT! Er öffnet die Augen und leistet der Stimme folge. Maschke steht in der Tür .Markus folgt dem Mann in den großen Raum. Wie es der Zufall so will, ist es der Raum in dem Otto schon verhört wurde.

Derselbe Tisch ist auch noch vorhanden.

Am Tisch sitzen irgendwelche Typen, mit so viel Lametta am Saum. Markus wird an diesen vorbei geführt. Am Tischkopf sitzt der Mann, mit dem der Junge eigentlich reden wollte. Vor diesem liegen seine Dokumente auf den Tisch. Markus wird gebeten zu seiner rechten Seite Platz zu nehmen. Niemals hätte er gedacht, den mächtigsten Mann in diesen Staat in die Augen schauen zu dürfen. Honecker nimmt sein Ausweisdokument in die Hand und hält dieses hoch. Honeckers Kopf dreht sich fast schon robotermäßig in Richtung Markus. Ich glaube sie sind uns eine Erklärung schuldig! Also sagen sie jetzt die Wahrheit! Markus denkt kurz nach. OK. Also, was ich ihnen jetzt erzähle werden sie mir nicht glauben, aber es ist die absolute Wahrheit. Ich bin in der DDR geboren, und komme aus der Zukunft mit einer Zeitmaschine, die leider nach meinen Eintreffen abgebrannt ist. Wenn sie wollen kann ich ihnen diese zeigen, haut Markus überraschend raus. Und deswegen stimmen auch die Daten auf meinen Ausweis nicht. Weiter wird er gefragt und was ist das für Geld? Das ist das Geld das wir in der Zukunft verwenden. Erklären sie uns dann, warum da ein D-Zeichen steht? Erst weiß Markus nicht was er richtig antworten soll, denn jetzt kommt es auf ihm an. Markus packt aus und zeigt mit dem Finger auf Honecker. Herr Honecker, hören sie mir jetzt genau zu. Markus hat den Staatsmann in der Hand und er muss die ganze Geschichte nur richtig ausspielen.

In ein paar Jahren schon, Markus macht eine kleine Pause weil er diesen Moment auf sich wirken lassen will, schließlich wird er Geschichte schreiben. Nicht mehr lange, dann wird ihr Staat untergehen und sie müssen ins Exil. Glauben sie mir, ich habe das Ganze miterlebt! Das was heute u.a. der Bezirk Suhl ist, wird dann zum Bundesland Thüringen gehören! Markus denkt, dass alle über ihm lachen werden. Doch die Lage bleibt ernst und ruhig. Honecker legt seine Hand auf die Schulter des Jungen ab und sagt dann. Junge, willst du uns sagen, dass uns der Feind übernehmen will? NEIN! JA! NEIN! Das ist nicht so einfach! Euer guter Freund wird zum Feind und verkauft euch. Honecker steht auf und brabbelt sich was in den Bart, den er nicht hat. Markus versteht einiges wie, so etwas hab ich schon fast geahnt. Dann wendet er sich nach kurzem Überlegen wieder den Jungen zu. Wenn du uns alles erzählst können wir eventuell eine Wende verhindern. Markus spürt jetzt, dass er Gehör findet und möchte gerne helfen, wenn man ihm Freiheit zusichert. Honecker schaut zu seinen Sicherheitschef hinüber, welcher ihm zunickt. Na, dann werden wir mal unseren Widersachern einen Streich spielen, denn sie wissen nicht, was sie tun. Erzählen sie uns nun was alles geschehen wird und sie bekommen, worum sie gebeten haben. Honecker stützt sich neben Markus auf. SCHRIFTLICH! Markus erzählt alles, alles wie ein Wasserfall. Alles was er weiß aus der Zukunft.

Unterdessen ist ein Team von Sicherheitsleuten dabei die Zeitmaschine ausfindig zu machen. Sie finden sie. Noch als Markus erzählt, schellt das Telefon. Markus stockt. Honecker nimmt ab und legt aber kurz darauf wieder den Hörer auf. Dann schaut er in die Runde und sagt. Es stimmt was er sagt. Man hat dort an der besagten Stelle eine Maschine gefunden. Verbrannt aber nicht aus unserer Zeit. Markus wird gebeten weiter zu erzählen, gebannt wird zugehört. Markus hätte gedacht, dass er als Westspion geläutert wird. Aber nein, ihm wurde zugehört. Auch seine Ideen wurden aufgenommen um eine Revolution im Lande zu umgehen. Doch blieb da noch ein dickes Problem! Denn einige Monate später, Russland wollte sich ja bekanntlich frei und selbstständig machen, was unseren Plan gefährdete. Honecker bekam die Aufforderung sich mit seinem großen "Bruder" auf der Krim zu treffen. Honecker stellte sich stur. Das konnte er gut und fuhr nicht nach Jalta. Er sagte noch, wenn uns unser großer Bruder in Stich lässt, nun dann lassen wir ihn auch im Stich. So oft auch das rote Dienst-Telefon schellte, Honecker hob nicht ab. Am Ende riss er noch selbst das Kabel aus der

Wand. Ach, übrigens, Markus wurde wieder Erwartens sein engster Berater im Politischen, Wirtschaftlichen und Menschlichen. Die Zeitmaschine aber, da es zu jener Zeit noch nicht die Technik und das Verständnis gab, blieb einfach in einer Halle der Armee stehen. Eingemottet, rosteten die letzten Reste so dahin bis sie eines Tages zusammen brach. Wer weiß, vielleicht wird das Thema in der Zukunft mal wieder aufgegriffen?

Ende..?. Oder....? Also begab sich die Geschichte, dass es nie, auch nicht 1989 eine Wende gab? War es vielleicht auch nur eine Erfindung Hollywoods? Und alle Menschen glauben sie würden in einer anderen Zeit leben.

ENDE

Lust auf weiterlesen?

Mehr demnächst im nächsten Bestseller! ☺

*Alle Inhalte in diesem Buch sind frei erfunden
und haben keinen gewollten Bezug zu realen Begebenheiten.*

42

42

42